ディズニー

マジックキャッスル

キラキラ・ハッピー・ライフ

うえくら えり・作
ミナミ ナツキ・挿絵

角川つばさ文庫

キャラクター紹介

ミッキーマウス

純粋な心の持ち主。
あかりのご近所さん。

あかり

明るい性格の
女の子で、マジックキャッスルで
暮らしている。

ミニーマウス

ミッキーの
ガールフレンド。
おしゃれが大好き。

デイジーダック

ドナルドの
ガールフレンドで、
ミニーとも仲良し。

ドナルドダック

怒りっぽく
負けず嫌いだけど、
どこかにくめない
性格。

イエン・シッド

デール

チップ

グーフィー

プーさん

のんびりやの
くまのぬいぐるみ。

ラビット

畑仕事が大好きで、
作物のことにくわしい。

ルー

カンガ

ピグレット

イーヨー

セバスチャン

フランダー

アリエル

美しい姿と
歌声を
もつ人魚。

アナ

エルサの妹で、明るく
楽観的な性格。

オラフ

エルサ

氷の魔法が使える、
アレンデールの女王様。

ほかにも
登場するよ!

もくじ

光に包まれた舞台の上で、ラプンツェルが、はだしで軽やかにステップを踏んでいた。

ひらりとスカートのすそをなびかせて、くるくると華やかにターンを決める。

ラプンツェルの動きに、お花で飾られた三つあみが優雅についてくる。

ちょっとにやけた笑顔でラプンツェルのステップを追いかけているのは、フリン。ラプンツェルのパートナーだ。

「あかり、今日のパーティーも最高ねっ！」

お客さんの一人が、そう声をかけてくれた。

「ありがとう。パーティーが盛りあがるのは、来てくれたみんなのおかげだよ」

と、私は笑顔で返す。

ここは、私のお店「**ゆめいろカフェ**」！

今はパーティーの真っ最中なの。

今日のパーティーは、ラプンツェルがテーマ。インテリアも、スタッフの衣装も、テーマにあわせてプロデュースしたんだ。

テーブルの上に並ぶのも、もちろんすべてラプンツェルをイメージしたメニュー。

メインは、ラプンツェルの髪の色にそっくりな黄金色のパスタを使った「タングルドなスパゲティー」だし、デザートには、シュークリームを三つあみに見立ててお花でかざった「花飾りシューのデコリース風」を用意したのよ！

飲み物は、七色に色を変える「パスカルのカラフルティー」。

どれも、かわいくっておいしい、自信作！

準備するのは、すごく大変だったけど……ラプンツェルやフリン、それにお客さんたちが喜んでくれる姿を見たら、準備が大変だったことなんて忘れちゃう！

お客さんはみんなノリノリで、音楽にあわせて身体を動かしたり手拍子をしたりしながら、ステージで踊るラプンツェルとフリンに喝采をおくっている。

二人のダンスは息ぴったりで、とってもすてき。

私は満面に笑みをたたえながら、追加の料理をテーブルの上に並べていた。

と、そのとき、ラプンツェルが、ステージの上から私に向かって大きく手をふった。

「あかり、いらっしゃいよ。いっしょに踊りましょう！」

「え〜っ！」

びっくりしたけど、ラプンツェルの無邪気な笑顔につられて、ついステージの上にあがっちゃった。

ラプンツェルとフリンの間にはさまれて、ダンスを踊る。

わっ、これってセンターポジションじゃん！

そして、最後の決めポーズ。

ぱぱんっ！

クラッカーがはじけて、舞台の上が紙吹雪につつまれた。

みんなといっしょにダンスするのって、最高に楽しい！

「あかりのお店って、すてきね。私、お店って本で読んで想像したことしかなかったの。でも、想像以上よ！」

ラプンツェルが、大輪に咲くお花みたいな笑顔でほほえんで、そう言ってくれて。胸の奥がほわっと温かくなった。

こうやって、お店に来てくれたお客さんがみんな楽しんでくれるのが、私にとってなによりの幸せなの。

私が住む「**マジックキャッスル**」は、楽しいことがいっぱいの、夢と魔法の国。

たくさんの人たちが、毎日ハッピーに過ごしている。

私のお店「ゆめいろカフェ」も、マジックキャッスルの一画にある。

そこで毎日、おいしいお料理やいごこちのいい空間を提供したり、週末にはパーティーを開いたりして、みんなに笑顔になってもらうのが、私の一番の楽しみなんだ。

今日のパーティーも、楽しかったなぁ〜。

ラプンツェルが来てくれて、すっごくうれしかった！

パーティーで使ったお皿を洗いながら、私、一人でニコニコしちゃった。

パーティーは、後片付けも楽しい。

からっぽになったお皿を見ると、またおいしい料理を作ろうって思うし、ステージに落ちた紙テープを拾っていると、すてきなダンスを思い出して、心が弾んじゃう。

後片付けを終えて、カフェをしめる。

一日の仕事が終わったら、マジックキャッスルの街をさんぽするのが、毎日の日課だ。

カフェから少し歩くと、キャッスルストリートに出る。この通りにはお店が集まっていて、ブティックやヘアサロン、デパートなどが、両側にずらりと並んでいる。

どのお店もおしゃれで、ショーウィンドウには、かわいいお洋服や雑貨などが工夫をこらしてディスプレイされている。

歩いているだけで楽しくなっちゃうエリアだ。

どこからともなく、おいしそうな匂いがふわりと漂ってきた。

くんくんと、匂いのもとをたどると、移動販売のワゴンからだ。

顔見知りの店員さんが、にっこりとほほえむ。

「こんばんは、あかり。焼きたてのチュロスはいかが？」

焼きたてだって！

そんなのもちろん、買うしかないよっ。

紙包みに入ったチュロスを受けとる。今日のチュロスはハチミツテイストだ。外はカリカリ、中はしっとりで、たまらなくおいしい～！

チュロスって表面がぎざぎざで、その食感もまた、たまらないんだよね。

キャッスルストリートを抜けると、広場に出る。

広場の入り口には、『マジックキャッスル』と書かれた空色のゲートがあって、その向こう側に天高くそびえているのが、王様が住むお城だ。

このお城は、マジックキャッスルの中心に位置する、いわばシンボルだ。

真っ白なレンガの壁に、バイオレットブルーの三角屋根。いつ見てもロマンチックで、どきどきしちゃうんだ！

お城のホールでは、ときどき舞踏会が開催されていて、お姫様みたいにすてきなドレスを着て、ゆうがにワルツを踊るんだって。

まだ私は参加したことがないけど、いつか招待されてみたいなって思う。

お城は毎日、季節にあわせてライトアップされる。

夜の空を背景に光りかがやくお城は、何度見ても新しい発見があって見飽きない。

うっとりながめていると、

「お〜い！　あかり〜！」

遠くから走ってきたのは、ミッキーとドナルド。

二人ともマジックキャッスルの住人で、ご近所さんで、私の友達だ。

「そんなにあわてて、どうしたの？」

「大変大変！　大変なんだよ、あかり！」

　ミッキーが早口にまくしたてる。

「グーフィーの畑がすっごく豊作で……」

「豊作なら、よかったじゃない。作物がたくさんとれたってことでしょう？」

「のんきなことを言っている場合じゃないんだよ！」

　ドナルドがもどかしげに、地団駄をふんだ。

「すっごく豊作なんだ！　とにかくいっしょに来て！」

　どうにも要領を得ないまま、二人に引っぱられてグーフィーの畑に行ってみると……そこにあったのは、超・超・超・大量の作物！

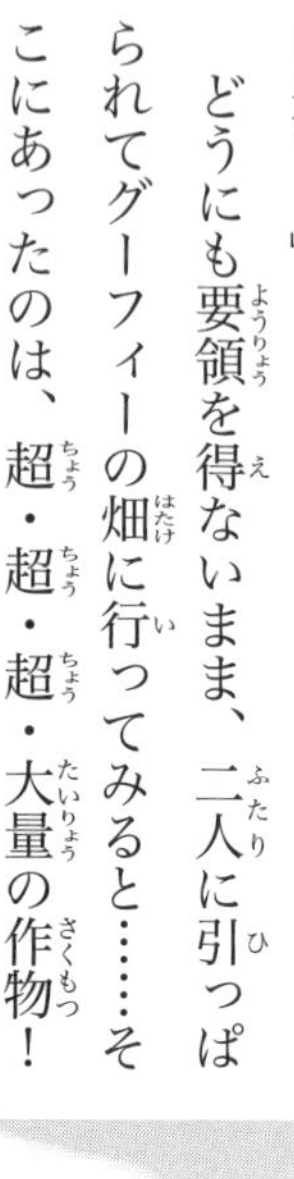

わんさか実った夕マゴの実やコムギの実が完全に畑からあふれて、グーフィーの家の入り口をふさいでしまっていた。

木にはミルクベリーの実が鈴なりになっていて、枝はしなり木は傾き、今にもグーフィーの家を押しつぶしてしまいそうなほど。

「大変！　すっごく豊作！」

私は飛びあがって叫んだ。

「そうなんだよ。ミッキーのせいでね」

ドナルドが、ジッと、とミッキーをにらむ。

ミッキーは気まずそうに目をそらすと、地面を蹴りながら白状した。

「……実は、たらふく花の種を使いすぎちゃったんだ。知ってるだろ？　作物をたくさん実らせてくれる花の種。これを使って、いっぱい収穫しようと思ったんだけど、ちょ～っと使いすぎちゃったみたいで」

「ちょ～っと、使いすぎちゃった、ねえ……」

私は腰に手をあてて、作物でぎっしり埋まった畑を見まわした。

「使ったのは、本当にたらふく花の種だけ？　私が昨日見たときには、グーフィーの畑はふつうの状態だったよ。こんなに早く作物が実るなんて、変よ？」

「あ、それは……」

今度はドナルドが、気まずそうに打ちあける。

「僕が、おいそぎ花の種を使ったんだ。はやく収穫できると思って」

「ドナルドのおいそぎ花の種のせいで、収穫するのが間にあわなくて、こんなことになっちゃったんだね」

ミッキーがここぞとばかり、ドナルドの責任を主張する。

「ミッキーのせいだろ。僕はちょっと、収穫までの期間を短くしようとしただけだよ」

と、ドナルド。

「ケンカしないの！　二人ともやりすぎちゃったんでしょ!?」

私は腰に手をあてて、畑に目をやった。

こんなにたくさんの作物、どうしよう？

収穫するだけで大仕事だ。

「あかり、助けて～」

窓からグーフィーが顔を出す。

「窓も扉も開けられなくて、このままじゃ一生家の外に出られないよ」

「待ってて、グーフィー。がんばって収穫しちゃうから！」

私たちはさっそく、作業に取りかかった。

ドナルドはタマゴの実を、私とミッキーはコムギの実を、まずは収穫することにする。

「みんな、がーんばれ～」

グーフィーは家から出てこられないから、窓からのぞいて応援係。

ドナルドが収穫しているタマゴの実は、とってもせんさいな実だ。

だから、こわれないようにそ～っと収穫しないといけない。

実を両手でつつんで、ていねいに引っぱると、茎から外れるんだけど……手際よくやらないと、タマゴの実にひびが入ったりこわれちゃったりするんだ。

「そ～っとね、ドナルド。そ～っとだよ」

作業に加われないグーフィーは、みんなの作業を見ながら、なにかと口を出してくる。

「あ、ドナルド、もうちょっと下を持ったほうがいいんじゃない？　やさしくね、やさしくだよ、こわれないようにやさしーく……あっ、茎がからまっているよぉ。ていねいに外さなくっちゃ。そうそう、いいよ。さぁ、いよいよ収穫だよぉ。引っぱって、ドナルド！　きみなら上手にできるよぉ！」

「もーっ、グーフィー！　ちょっとだまっててよ！」

短気なドナルドは、グーフィーの応援に集中力を乱されてプンプンしてる。

一方ミッキーはミッキーで、気が散っているみたいで……。

「ハハッ、見て見てあかり！　このコムギの実、ちょっとハートの形に見えるよ。ミニーにプレゼントしようかな。こっちは星の形だね。同じコムギの実でも、いろいろあるんだなぁ。あっ、そうだ！　変わった形のコムギの実をどれだけたくさん集められるか、今から競争しないかい？」

もーっ、ミッキーってば、本当に好奇心おうせいなんだから～。

「競争は後にしようよ。はやく収穫しないと、グーフィーがいつまでたってもお家から出られないよ」

「その通りだよ、ミッキー。もっと急がなくちゃ……あっ」

会話に気を取られたドナルドは、つい力を入れすぎて、タマゴの実をくだいてしまった。

「しまったぁ～……」

「ほらね、言っただろ～？　タマゴの実はこわれやすいから、気をつけないとね。コツはね、手のひらで包むようにやさしく……」

「あーもうっ！　グーフィーは見てるだけだからいいだろうけど、なかなかむずかしいんだぞ～っ」

こんな調子で、なかなか作業は進まなかったけど……。

それでも一時間ほど経つと、家の玄関の前にようやく少しだけスペースができて、グーフィーが出てこられるようになった。

「ふぅ、やっと出てこられたよ。やっぱり外の空気はおいしいねえ」

「おめでとう、グーフィー」

私はぱちぱちと拍手をおくった。

でも、のんびりしている余裕はない。

まだ、畑には半分ちかい作物が残ってるし、木になったミルクベリーには手もつけてない。

「グーフィーは背が高いから、ミルクベリーの収穫をお願い！」

「りょうかいだよ。そうだ、楽にとれるように、はしごを持ってこよう」

そう言うとグーフィーは、家の中にもどっていった。

私とミッキー、ドナルドは、畑の作物に向きなおる。

「最初はどうなることかと思ったけど……だんだん慣れてきて、作業のスピードがあがってきたね」

私の言葉に、ミッキーが明るく答える。

「そうだね。この調子で全部終わらせちゃおう！」

私たちは顔を見あわせ、うなずきあった。

と、そのとき……。

ぽんっ！

とつぜん、目の前の畑が、ピンク色の煙につつまれた。

ええっ、なにが起きたの!?

煙が晴れると……そこにあったのは、大量のコムギの実にタマゴの実！

「え〜っ!?」

さっき半分近く収穫したばかりなのに、どうして増えてるの!?

よく見ると、わんさか実った作物の合間に、おひさまみたいなオレンジ色の花がゆらゆら揺れている。これってまさか……。

「たらふく花!?」

どうしてこの花が、こんなところに!?

ふりかえると、ミッキーがしょんぼりとうなだれていた。

「ごめんね、あかり。最初に植えたたらふく花が、まだ残ってたみたいだ……」

がーん。

「そっか……そういうこともあるよね……」

ともかく、また作物が増えちゃう前に、私はたらふく花を摘みとった。ほかにも残っていないか、辺りを見回してチェックすると……タマゴの実の陰にかくれて、時計の形をした朱色の花が咲いているのが目に入った。

「わーっ、おいそぎ花もあるーっ！」

大あわてで摘みとる。

それから、さっと後ろをふりかえると、ドナルドがばつが悪そうに目をそらした。

「おいそぎ花も……残ってたみたいだね」

災難なのはグーフィーで、またも家の中に閉じこめられてしまった。

「あれっ!? またドアが開かなくなってるっ！ なんでだ～？」

なにも知らないグーフィーは、不思議そうにドアノブをがちゃがちゃひねっている。私はドアごしに声をかけた。

「グーフィー……あのね、なんとまた作物が増えちゃったの……」

「えぇ～!?」

「もう一度、みんなで収穫するから、待っててくれる？」

「そっかぁ。じゃあ僕も、もう一度、応援係をがんばるよ」

グーフィーはそう言って、また窓から顔を出した。

畑は再び、タマゴの実とコムギの実であふれかえっている。ちょっと気が遠くなりそうな量だけど……でも、増えちゃったものは仕方ない！

「よーし、もう一度がんばろっ！」

えいえいおー、と私が右手をあげると、

「うんうん、がんばろう！」

「がんばろう！」

ミッキーとドナルドが、あとに続いた。

それから、もくもくと、収穫に没頭した。

みんなだんだん作業に慣れてきたので、グーフィーが再び家から出られるようになるまで、最初ほど時間はかからなかった。

グーフィーに今度こそミルクベリーの収穫をお願いして、私たちはひたすら、畑と向かいあう。

幸いにも、摘みとり忘れたおいそぎ花やたらふく花はもう無かったみたい。

「やった～！　これでおしまいっ」

私はグーフィーのはしごをかりて、木になった最後のミルクベリーを摘みとった。

それから、みんなとハイタッチ！

「手伝ってくれて、ありがとう」

そう言うミッキーの顔には、あちこち泥がついている。

「今度から、たらふく花の種を使うときは気をつけるよ」

「僕も、おいそぎ花の種には気をつける」

と、ドナルドもうなずいた。

「おっひょう。どうしようか、コレ？」

グーフィーが腰に手を当てて、山ほど積みあがった収穫物を見上げた。大量のタマゴの実にコムギの実、そしてミルクベリー。こんなにたくさん、私たちだけじゃ、食べきるまでに百年くらいかかっちゃいそう。

「こんなにたくさん、どうしようもないよ……」

ドナルドも困り顔だ。

「なーに言ってるのっ！　材料が、こんなにたくさんあるんだよ」

と、私は、三人に明るく声をかけた。

「パーティーするしかないでしょ！」

1 ミッキー&ドナルドは名シェフ!?

グーフィーの畑でたくさんとれた食材を使って、ゆめいろカフェでパーティーを開くことになった。

パーティーに大切なのは、計画！　どんな材料を使って、どんな料理を作るか、初めにしっかり考えておくことが大切だよね。

私は広場の噴水にこしかけて、当日のメニューをあれこれと思いめぐらせた。

ミルクベリーを使って、「ミッキーのスマイルラテ」と「ドナルドのつめこみトライフル」を作ろうかな。コムギの実は「ラブリーペンネ」と「ミッキープレッツェル」に使えそう。あとは、なにか人目を引く華やかなデザートがあるといいんだけど……。

とっておきのお料理の作り方をまとめた本、『魔法のレシピ』をめくっていると、ミニーが通りかかった。

「あら、あかり。魔法のレシピとにらめっこ？　新しいお料理を考えているのかしら？」

「あのね、今、パーティーのメニューを考えてたの。よかったら、ミニーの意見も聞かせてくれない？」

「もちろん」

ミニーはすとんと、私の隣に腰を下ろした。

二人でレシピをのぞきこむ。

「あら、これステキね」

そう言ってミニーが指さしたのは、「ロマンチックマカロンタワー」だった。パステルカラーのマカロンを、ストロベリーやチェリーで飾ったデザートだ。

「わぁ、ほんとすてき！　かわいすぎる～！」

ひとめ見て、私も心をつかまれてしまった。

「でも、材料が足りないや。ピンキーハニーがないよ」

「あら、そうなの？　それじゃあ、ほかのメニューにしましょう」

うーん。残念。こんなにかわいいデザートがあったら、きっとお客さんもすっごく喜んでくれただろうなあ。

「なにか、ほかにないかなぁ。みんなの目を引くようなデザート……」

むー、と私は首をひねった。ミニーとひたいを突きあわせて考えてみるけど、いいアイディアはなかなか浮かばない。

こんなときは、作物のスペシャリストに、相談してみようかな。

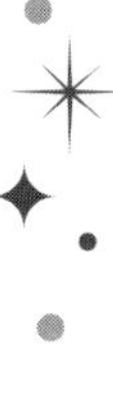

私が向かったのは、**一〇〇エーカーの森**。

いつでもぽかぽかとうららかで、のんびりした森だ。

小川がさらさらと流れ、アザミの花やたんぽぽのわたげがさわさわと揺れていて、時間がゆっくーり流れてる。

この森に住んでいるうさぎのラビットは、畑仕事が大好きで、作物のことについてとってもくわしいの。

ラビットなら、パーティーのメニューについても、なにかヒントをくれるかもしれない。

ラビットの畑には、今日も元気いっぱいの作物が太陽に顔を向けていた。きれいに咲いたひまわりやコスモスの間を、ミツバチがぶんぶんと飛びまわっている。

「お〜い、ラビット〜！」

畑の奥に立つラビットの姿を見つけて、私は手をふりながら声をかけた。

ふりかえったラビットの顔は、なんだか困っているみたい。

「おぉ、あかり。大変なんだ。これを見てくれ」

そう言ってラビットが手で指した先を見て、私は目がテンになってしまった。

ラビットの家は、大きな木にあいた横穴の中にある。部屋に出入りするために、正面の扉とは別に、丸い小窓が開いているんだけど……。

なんと、その小窓の中に、くまのプーさんがぴったりはまって動けなくなっていた。

「帰ってきたら、こうなっとったんじゃ。ワシも、なにがなんだか……」

ラビットが暗い声を出す。

当のプーさんは動じた様子もなく、小窓にはまったまま、のんびりと私とラビットを見上げた。

「やぁ、あかり、ラビット。いい天気だね」

「プーさん、一体どうしちゃったの？」

「あのねえ。ぼく、ちょっとだけ、ラビットのハチミツを分けてもらおうと思ったんだ。そうしたら、ウフフ……とーっても、おいしかったんだ」

「プーや、もしかして、ハチミツを全部食っちまったのか？」

ラビットがあきれ顔になる。

「だとしたら、お腹がふくれて当然だ！」

「お腹がふくれたんじゃなくて、この窓が小さくなったんだよ」

な、なんて都合のいい解釈。

どうやらプーさんは、お腹いっぱいハチミ

ツを食べたせいで、窓につっかえて、そのまま動けなくなってしまったらしい。

ラビットは、はぁ〜とため息をついて、頭をかかえた。

「とにかく引っぱってみよう！　あかりも、手伝ってくれ」

やれやれ。プーさんってば、ほんとにハチミツが好きなんだから！

私は、プーさんの両腕を引っぱった。同時に、ラビットは、家の中からプーさんのおしりを押す。

でも、びくともしない。

「うーん、全然、ぬける気がしないよ」

壁にはまっている張本人のプーさんが、のんきに言った。

いったん引っぱるのをやめて、私はラビットの家の中に入った。室内から見ると、壁にはまったプーさんのおしりだけが見えて、なんだかすごくまぬけな光景だ。

「ラビット。こうなったら、プーさんがやせるのを待つしかないよ」

「プーがやせるのを待つ？　とんでもない！」

ラビットはかぶりをふって、プーさんのおしりをぺしりとたたいた。

「このままこのおしりを何ヵ月ものあいだ眺めつづけるなんて、絶対にごめんだよ。みんなにも手伝ってもらおう。なんとしてでも、プーを穴から出すんだ」

こうして、つっかえてしまったプーさんを引っぱり出すため、森の仲間が呼び集められた。

「大変なことに……なりましたね……」

ゆっくりと言いながら、のそのそ歩いてきたのは、イーヨー。

アザミの花がだいすきなロバだ。

「ウフフフフ〜、プーが動けなくて困ってるって？　そんなときは、このティガー様にまかせとけ！」

葉っぱをまきちらしながら騒がしく現れたのは、ジャンプが大得意な、トラのティガー。

「どなたかワシの知識を必要としているとか？」

くるっとあたりを見渡しながら、物知りなふくろうのオウルが空から舞いおりてきた。

「私たちも手伝うわ。プーを助けましょう」

「ぼくもがんばるよ！」

カンガルーのルーぼうやと、お母さんのカンガも、やる気まんまん。

それに、もちろん、子ブタのピグレットも。

「友達の一大事だもの。だまってられやしないよ」

そう言って、むんと力強く胸をはってみせた。

うん、全員で力を合わせれば、きっとプーさんを引っぱりだせるはず！

みんなでプーさんの前に、一列に並んだ。

私がプーさんの両手をつかんで、私をティガーが引っぱって、ティガーをピグレットが引っぱって、ピグレットをカンガが引っぱって、カンガのしっぽをイーヨーが引っぱって、イーヨーのしっぽをルーぼうやが引っぱる。

よいしょ、よいしょ……。

一生懸命引っぱったけど、プーさんはびくともしない。

「うーん、しばらく時間を置いたほうがいいんじゃないかなぁ」

ピグレットの言葉に、カンガがうなずいた。

「プーのお腹が引っこんだら、もう一回みんなで引っぱってみましょう」

「そうだな。穴から出られるまでハチミツはおあずけだ、プー！」

ラビットに言われ、壁にはまったプーさんは、悲しげな顔になった。

ルーぼうやが、心配そうに、プーさんの顔をのぞきこむ。

「かわいそうなプー。ここでずーっと壁にはまってなきゃいけないなんて、たいくつしちゃうね……。そうだ！　プーがたいくつしないように、みんなで本を読んであげようよ」

「でも本がないよ、ルー」

と、ピグレット。

「物知りのオウルの家には、本がたくさんあるんじゃない？」

私がふと思いついて言うと、ティガーが信じられないという顔になった。

「正気か？　オウルの本なんか読んだら、みんな寝ちまうよ！」

「それに……オウルの本は字でうまっていて……オウルにしか……たくさんの字は読めませんから……」

と、イーヨー。

「それじゃあ、みんなでお話を作ったらいいんじゃないかしら」

みんなが、カンガのほうを向いた。

確かに、それはいいアイディアかも！

「いいルールがあるよ」

元気よく言って、ルーぼうやが落ちていた小枝を拾いあげた。

「この木の枝を持ってる人が、お話を作るんだ。みんなで、リレーのバトンみたいにこの木の枝をまわして、順番にお話していくんだよ！」

「おぉ、いいじゃないか！　楽しそうだ！」

ティガーが元気よく言った。

「えぇ……それって……ぼくも……やるんですか……」

「きっと楽しいわよ、イーヨー」

心配そうなイーヨーを、カンガがはげます。

「ぼくから始めるね！、主人公はピグレットだよ！」

と、ルーぼうやが元気よく話しはじめた。

「ぼ、ぼく!?」

ピグレットが、びくりと身体をふるわせた。

「そうだよ、ピグレット。きみが主人公！」

「不安だなぁ……ぼくが主人公なんて……」

ピグレットは、しょんぼりと耳をさげてうつむいたけど、

「……ぼくが、主人公なの？　なんだかそれって……すてきかも！」

と、最後にはうれしさをかみしめて、笑顔になった。

小心者のピグレットは、こんなふうにいつもいったんビックリして、あとからうれしくなっちゃうんだよね。

ルーぼうやは切り株の上にこしかけると、元気よく物語を始めた。

「むかしむかし、あるところに、ピグレットが住んでいました」

「むかしむかしだと？　ピグレットは今もここにいるぜ」

ティガーがさっそく横やりを入れる。

「それに、ここはアルトコロじゃなくて、一〇〇エーカーの森だぞ！」

「もー、ティガー。これはお話なんだよ」

私はティガーをつっついて言った。

でも、ティガーはゆずらない。

「でも、ピグレットは、むかしむかしじゃなくて、今、ここにいるんだぜ？」

「わかったよ、ティガー。今日、一〇〇エーカーの森に、ピグレットがいました」

ルーぼうやが、言いなおす。『むかしむかし』じゃなくて『今日』で始まるなんて、へンなお話！

でもティガーは納得したみたいで、うんうんうなずいて聞きいっている。

「ピグレットは、とっても友達思いなので、親友のプーが窓にはまってしまったことに、とても心を痛めていました。だから、みんなで引っぱったけど、うまくいかなかったので、力をつけるために大好物のどんぐりを拾いに行きました」

「ぼく、どんぐり大好き！　食べるととっても力が出るんだよ」

ピグレットがうれしそうに言った。

「次はティガーの番だよ」

ルーぼうやに木の枝をわたされて、今度はティガーが話し始める。

「そうだな。森にどんぐりを探しに来たピグレットは……しっぽでジャンプしたんだ。ぴょんぴょんとんとんとんとんって、木よりも高く！」

「ぼく、しっぽないよ……」

ピグレットが困ったようにつぶやいたけど、ティガーは構わず続けた。

「ピグレットはしっぽで飛びはねるのがとってても得意だったんだ。ぴょんぴょんとんとんとん、いつでもどこでもジャンプだ！　ジャンプが得意っていっても、このティガー様ほどじゃあないけどな。俺さまは世界一ジャンプが得意なトラなんだ！」

得意げに胸をはって、ティガーはぴょーんと飛びはねてみせた。

それから、ラビットに木の枝をわたす。

「ほい。次はラビットの番だぜ」

「ワ、ワシもやるのか？」

ラビットは困ったように頭をかきながら、話し始めた。

「ふーむ……そうだな、ピグレットはジャンプも得意じゃが、畑仕事も得意だったんじゃ。ピグレットは、庭の畑にニンジンをたくさんうえた。毎日水をやって、肥料もたっぷりやって、大事に大事に育てたんじゃ。そうしたら、貯蔵庫に保管しきれないくらいたくさんのニンジンができた。こんなに幸せなことはない！」

うーん。なんだかさっきからみんな、ピグレットの物語じゃなくて、自分の好きなことの物語を話しているような……。

「次はお前さんの番じゃ、イーヨー」

ラビットにわたされた木の枝を口で受けとり、ぽとんといったん地面に落としてから、イーヨーはゆっくりと話し始めた。

「それからピグレットは……ええと……畑の作物もいいけど……それよりアザミの花がおいしいので……アザミを食べに行きました。アザミの花は、……川べりや……日当たりのいい場所なんかに……よく咲いてますから……。ピグレットは一生懸命アザミを探して、それから、見つかったアザミを……たくさん……食べました。アザミのちくちくした部分も……あそこ、あれはあれで、おいしいので……ぜんぶ、食べました……ふつうのアザミだけじゃなくて……いろんなアザミを食べました……」

イーヨーは最後まで自信なげに話しきると、おずおずと枝を口にくわえた。

「どうぞ」

「ありがとう、イーヨー」

次に木の枝を受けとったのは、カンガだ。

「アザミのお花を食べてお腹いっぱいになったピグレットは……そうね、お家をきれいに掃除することにしました。そして、お皿を、みんなきれいに、ぴかぴかに洗いました。それからピグレットは、夕ご飯にあたたかいスープを作って、ルーといっしょに食べました。そして、ルーのために、泡たっぷりのお風呂をいれました」

「ありがとう、ピグレット！　ぼく、泡のお風呂大好き！」

ルーぼうやがぴょんと飛びはねて、ピグレットの手をにぎった。

「次はオウルの番よ」

カンガから木の枝を受けとったオウルは、得意げに話し始めた。

「みんなの話を聞いて、ワシは親せきのフィリス大おばさんのことを思い出したよ。フィリス大おばさんは、詩を読むのがとても好きでね。寝る前の静かな時間に、詩集を読んでたんだ。ところがある日、いつものようにお気に入りの詩集を読もうとしたら、こつぜんと本棚から消えてたんだ！」

オウルってば、お話の続きじゃなくて、親せきのおばさんの話を始めちゃった。オウルはなにかというと、フィリス大おばさんの話をするの。

これが長いんだよねえ、いったん始まると。

「……というわけで、フィリス大おばさんのなくした詩集は、結局自分の本棚に最初からあったんじゃな。これをことわざで、灯台もと暗しという。海を照らす灯台はもともと暗いものだという意味のことわざで……」

「オウル、ありがとう！　もうじゅうぶんじゃ！」

たっぷり十分は続いたオウルの話を、ラビットがうんざりしたようにさえぎった。オウルが持っていた枝をひょいと抜きとると、私のほうに差しだす。

「次はお前さんの番だよ、あかり」

「ええっ、私？」

わーっ、どんなお話にしよう？

みんなみたいに、上手にお話を作れるかなあ。

「というわけで……フィリス大おばさんの詩集はもともと本棚にあったのでした。一方、ピグレットは、えーと……カフェを始めることにしました。一〇〇エーカーの森に住むみんなに、おいしいものを食べてくつろいで、笑顔になってほしかったからです」

「うわあ、カフェかあ。いいお話だね。それでそれで？」

ピグレットが目をかがやかせる。

「毎日おいしいお料理や飲み物を用意して、家具もすてきなのをそろえて、いごこちのいい場所になるようにがんばりました。そしたら、ピグレットのカフェは大人気になりました。森のみんなが毎日来るようになって、いろんなお話をして、楽しい時間を過ごしました」

「うんうん、すてきなお話だね」

ピグレットがにこにこしてくれて、一安心。

そして私は、窓にはまっているプーさんに、木の枝をわたした。

「はい、最後はプーさんの番だよ」

プーさんは、壁にはまったまま、話し始めた。

「えっと、うーんと……ピグレットのカフェは、たちまち大人気になって、そいで、ピグレットはハチミツが食べたくなっちゃったの。だからハチミツ探しの旅に出て、ぜったい食べきれないくらいたーくさんのハチミツを見つけて……いつまでも、ハチミツといっしょに、幸せに暮らしました。おしまい」

ぱちぱちぱち、とルーぼうやが拍手をした。

「みんなの力をあわせたら、すてきな物語になったね！」

みんなも、うんうんとうなずいた。

「やっぱり、ジャンプが出てくる話はいいもんだな」

「そうか？　ワシは、畑仕事をする場面がよかったと思うが」

「泡いっぱいのお風呂に入るところもよかったよ！」

「私は、ルーが考えた、はじまりのお話が好きだわ」

「誰も興味は無いと思いますけど……アザミのシーンが……最高だったと思いますね……」

「フィリス大おばさんはな、いつも本をどこかに置き忘れてしまうんじゃ。前にワシが遊びに行ったときにも……」

「ハチミツをたくさん見つけるところがよかったね。ハチミツはおいしいもの」

みんなが口々に感想を述べあうなか、ピグレットは硬い表情で切り株に腰かけていた。

「ぼくは、ぼくのお話をしていないけど……みんなのお話では、アザミと詩集と畑仕事と泡のお風呂とジャンプが好きで、オウルの大おばさんはぼくと全然関係なくて、カフェをやってて、ハチミツが大好きなんて……すごいや。本物のピグレットはとっても小さいピグレットなのにね……。自信をうしなっちゃうよ！」

そう言って頭をかかえたピグレットの肩を、私はぽんとたたいた。

「大丈夫、ピグレット。そのままのピグレットがみんな好きだよ」

「ありがとう、あかり……」

ピグレットが小さな声でそう答えた、そのとき……。


ぐう〜〜。


プーさんのお腹が、大きな音で鳴った。

みんながぴたりと黙って、プーさんのほうをふりかえる。

ぐう〜〜〜。

プーさんのお腹は、再び、悲しげな音をたてた。

「……プーや。もしかしてお前さん、お腹が引っこんできたんじゃないか？」

ラビットの言葉に、プーさんはしばらく考えるように宙を見つめた。

「うん、そうかも。ぼくのお腹が、なんだか小さくなったような気がする」

「やったぞ、プー！」

ラビットが、ぱあっと顔をかがやかせた。

「よしっ！　さっそくもう一回、引っぱるぞ！」

ラビットがすごい勢いで、家の中に飛びこんでいった。ほかのみんなもさっきと同じく一列に並んで、せーのでプーさんを引っぱった。

するるっ……。

少しずつ、プーさんの身体が動きだした。

さっきは、びくともしなかったのに。

「いいぞ、もう少しだ！」

壁の向こうで、ラビットが叫ぶ。

よいしょ、よいしょ。

みんなで力をあわせて、プーさんを引っぱった。

そして……。

スポーン！　と、おもしろい音とともに、プーさんが窓から勢いよく抜けた。

「やったぞ！」

「プーが抜けた！」

「おめでとう、プー！」

みんな、大喜び。

ぴょんぴょん跳びはねたり、手や羽根をたたいたり、思い思いの方法で喜びを表現した。

私もピグレットとぎゅーっと抱きあい、手をつないでタラララ〜とダンスを踊った。

「やあ、みんな、ありがとう」

地面にポトンとしりもちをついたプーさんは、順ぐりにみんなの顔を見た。

「あかり、ラビット、イーヨー、ティガー、カンガ。それからルーもね。みんなのおかげで穴から抜けられたよ」

「うんうん、よかったよかった」

うなずくラビットは、涙ぐんでる。

プーさんのおしりを見ながら数ヵ月を過ごす羽目にならなくて、心底ほっとしているみたいだ。

プーさんのお腹がぶじに引っこんで、一件落着！

…………のはずが。

さっきからプーさんは、なにやらむずかしい目つきで、自分のお腹を見つめていた。

「どうしたの、プー。さっきから、お腹を見つめて」

ピグレットに聞かれて、プーさんは心配そうに顔をあげた。

「ぼくのお腹くんが、お礼じゃないなにかを言ってるんだ」

「なんだ？　プーの腹はなんて言ってるんだ？」

と、ティガー。

プーさんは自分のお腹をじっと見つめて答えた。

「あのね、どうしても食べたいものがあるんだって。それは、金色であまくてべたべたしてるものなんだ」

「ふむ……ワシの鋭いひらめきによると……」

オウルが羽根をあごにあてて、びしっと推理した。

「それはズバリ、トリモチのことじゃな？」

「とりもち？」

ピグレットが不思議そうにオウルをみあげる。

「以前、ワシがトリモチに触ってしまったときには、べたべたくっついて羽根がぬけてしまったもんじゃよ」

「ううん。違うよ、オウル」

プーさんは首をふった。

「トリモチもステキだと思うけど、そうじゃなくってね。お腹くんが言っていたのは……」

「お前さんのお腹くんが食べたいのはハチミツじゃろう、プー」

ラビットが、すかさず言った。

「わあ、ラビット、すごいね。どうしてわかったの？　ぼく、ハチミツが食べたいの。ねえラビット、ハチミツ、持ってない？　持っていたら少し分けてほしいな」

するとラビットが、あきれ顔にため息をまじえて言った。

「プーや、ワシの家のハチミツは、お前さんがすべて食っちまっただろう」

「ええ、そうなの？　こまったなぁ。ハチミツ、さがさなきゃ」

もう、プーさんってば、本当にハチミツのことしか頭にないんだから！

相変わらずのプーさんに、みんな呆れながらも笑ってしまった。

それから私は、ラビットに連れられて、貯蔵庫にやってきた。

ここは、ラビットの畑でとれた作物を保管しておく場所。ひんやりと涼しくて、棚には

干したニンジンやカブがずらりと並んでる。

「あかり、お前さんにこれをあげよう」

そう言ってラビットが棚の奥から出してきたのは、ガラスのつぼだ。

「お前さんが手伝ってくれたおかげで、プーのやつが無事に穴から出られたよ。これはほんのお礼じゃ」

「わぁ、きれい！」

受けとったガラスのつぼをのぞきこんで、私は思わず歓声をあげてしまった。

つぼの中に入っていたのは、ハチミツだ。

上のほうはとろんとしたピンク色で、下に行くにつれオレンジ色のグラデーションになっている。

「プーには内緒じゃぞ。これだけは貯蔵庫にかくしておいたから、プーに食べられずに済んだんじゃ」

「ありがとう、ラビット。こんなにきれいなハチミツ、初めて見たわ」

「そうかい、そりゃあよかった。この間、プーの家の近くの木の穴で見つけたんだ。ピンキーハニーという、特別なハチミツだよ」

「ピンキーハニー!?」

私はびっくりして、叫んでしまった。言われてみれば、きらきらかがやくこのピンク色
……魔法のレシピにのっていた、ピンキーハニーと同じだ。

これがあれば、ロマンチックマカロンタワーが作れる！

「ありがとう、ラビット！　本当に本当にありがとう！」

私はラビットの手をにぎって、ぶんぶんふった。

「そんなにうれしいのか？　……まさかお前さんまで、プーのようにハチミツに夢中にな
ってしまったんじゃないだろうな？」

いぶかしげなラビットに、私は満面の笑みで返した。

「うん！　私、プーさんに負けないくらい、ハチミツだいすき！」


私は大いそぎで、マジックキャッスルへともどった。

ミニーの家は、ミッキーの家のおとなりにある。ピンクの屋根に、クリーム色の塗り壁が美しい、シックなデザインのおうちだ。

「ただいま、ミニー！　デザートのメニューが決まったよ！」

私は大こうふんで、ミニーの家に飛びこんだ。ミニーは赤い水玉もようのソファでくつろいでいるところだった。

「あら、なにを作ることになったのかしら？」

「これだよ、ロマンチックマカロンタワー！」

私は魔法のレシピのページを広げてみせた。

「そのレシピは、材料が足りないんじゃなかった？」

「さっきまではね」

私はもったいつけて言い、背中にかくしていたピンキーハニーをじゃじゃーんと前に出した。

「見て、これ！　ピンキーハニーだよ！」

「わぁ、すてき！　すごいわ、あかり！」

ミニーが弾んだ声を出す。

「これで、ロマンチックマカロンタワーが作れるわね。きっとすてきなパーティーになるわ」

私はえへんと胸を張った。

材料がそろい、メニューが決まったら、いよいよクッキングタイム！

私のカフェのキッチンには、ミッキーとミニー、グーフィーにドナルド、それにデイジーまでもが、勢ぞろいしていた。

「手伝いに来てくれてありがとう、デイジー」

私が声をかけると、デイジーは自信満々に、

「お料理ならまかせてちょうだいね！」

と、ほほえんだ。

「私、泡だて器を使うのがとってもとくいなの」

「じゃあ、デイジーにはタマゴの実をかきまぜる作業をお願いしようかな。ミニーは、シトラスの皮をむいてくれる？」

「わかったわ」

ミニーがにっこりとうなずく。

「グーフィーには、デコレーションをお願いしてもいい？」

「もちろん！　まかせてよ！」

グーフィーが、どんと胸をたたいて、たのもしくうなずいた。

「味つけは、私がやるね」

「それがいいわ。あかりはいつもおいしいお料理を作って、カフェで大人気なんだもの」

ミニーは、はやくも皮むきに取りかかっている。

黄色いシトラスの皮が、くるくると細くきれいにむかれていく。

デイジーは、かしゃかしゃとていねいに素早くタマゴの実をかきまわしているし、グーフィーはきっと芸術的なセンスを発揮して、きれいにデコレーションしてくれるはずだ。

さて。

残ったのは、わんぱく小僧の二人ね……。

「あかり、それで、僕たちはなにをしたらいいかな？」と、ミッキー。

「なんでもするよ！　まかせて！」と、ドナルド。

「えーと、えーと、えーと……」

私は天をあおいで、ぐるぐると目を動かしながら考えた。

「……じゃあ、プレッツェルの生地を作ってもらおうかなぁ……」

「「オッケー！」」

返事だけはバッチリなのが、かえって不安になる。

う～ん、大丈夫かな、ミッキー&ドナルドコンビ。

シンクに向かう二人の会話に、耳をすましてみると……。

「ミッキー、まずは、アーモンドパウダーを十グラムだって」

「たった十グラム？　ほんのちょっとじゃないか。ほとんど、ないといってもいいくらいだ。いっそのこと、入れなくてもいいんじゃないかな」

「そうかもね、そうしようか。次は、ええと……、ミルクベリーを、ボウルに入れるんだって」

「あれ。ドナルド、それ、ミルクベリーじゃなくてクリーミーマロンじゃない？」

「あぁ、ほんとだ。でも、もう入れちゃったよ。どっちも白いから、大丈夫じゃないかな」

「うん、そうだね。きっと大丈夫だよ。どっちも白いし」

うーん、本当に大丈夫かなぁ。でも、せっかく張りきってくれているのに、水を差すのも悪いし。とりあえず、見守ってみることにした。

そしたら、案の定……。

「できたよ、あかりっ！」

呼ばれて見に行ってみると、出来上がっていたのはりっぱなプレッツェルの生地……にはとても見えない、ふにゃふにゃしたなにかだった。

う……これ、使えないかも……。

でも、ミッキーもドナルドも、満足感にあふれた表情だ。

「ドナルドと二人で、がんばったんだ」

「あかり、ちょっと味見してみてよ」

ずいっとつきだされた生地のはしっこを、ちょっとだけちぎって、ぱくっと口の中に入れてみる。

味がない。

かんでもかんでも、なんの味もしない。

それに、すっごくふにゃふにゃしてる。

うう、どうしよう。

こんなのパーティーに出したら、お客さんがびっくりしちゃう。

でも、二人がせっかくがんばって作ったのに使わないわけにもいかないし……。

「ミッキーもドナルドも、おつかれさま。もうお料理は大丈夫だから、あっちでお皿をみがいててくれる？」

ひとまず、二人をキッチンから遠ざける。

そして、私はうーんと首をひねって、プレッツェルになるはずだったものと向きあった。

たまご色のもっちりした生地……ではなく、真っ白でふにゃふにゃした生地。改めて味見してみると、本当に味がない。なにか材料を追加して、味を足さないとおいしくならないかも……。

ふにゃふにゃの生地を持って立ちつくしていると、ミニーとデイジーがうしろからのぞきこんできた。

「あかり、どうしたの？」

「その、ふにゃふにゃした白いものは、なーに？」

私はおずおずと、二人にふにゃふにゃの生地を見せた。

「あのね、これ、ミッキーとドナルドが作ってくれたプレッツェルの生地なんだけど……」

ミニーとデイジーは、ふにゃふにゃの生地

をぐるりと眺め、それから顔を見あわせると、くすくす笑いだした。

「ミッキーったら！　さてはアーモンドパウダーを入れなかったわね」

「ドナルドは、ミルクベリーとクリーミーマロンを間違えたみたい」

さすが、二人ともするどい。

ボーイフレンドのこと、よくわかってるみたいだ。

「これ、どうしたらいいかなぁ……」

なげく私の手から生地を取ると、ミニーは「そうねぇ」と考えこんだ。

「この生地でプレッツェルを作るのはむずかしいかもしれないわね」

「やっぱりそうだよね～」

「でも、大丈夫よ」

デイジーは私の顔を見て、にこっと笑った。

「そうね、心配いらないわ」

と、ミニーもうなずく。

「このふにゃふにゃの生地を使って、おいしいキッシュが作れるもの」

「ええ!? キッシュ!?」

私は目を丸くした。

そんなおしゃれな料理が、このふにゃふにゃした生地で作れるの!?

「あら、その顔、信じられないって描いてあるわね」

半信半疑の私が見守るなか、ミニーとデイジーは、ふにゃふにゃの生地を使って、キッシュを作り始めた。

まずは、ふにゃふにゃの生地をパイ型に盛って土台を作る。

そして、その内側に、タマゴの実で作った具を流しこんだら、あつあつのオーブンの中にそっと入れた。

お料理上手な二人が作っただけあって、きれいな形にはなっていたけど……あんなにふにゃふにゃの生地で、おいしくなるのかなぁ。

と、私は心配していたのだけど……。

「きれいな色に焼けたわ！」

デイジーがオーブンから取りだしたトレーを見て、私はビックリしてしまった！

だって、きれいなきつね色のキッシュができあがってたんだもん。

「わーっ！　ミニーもデイジーもすごーいっ！」

あの、真っ白で味気なかった生地が、こんなに香ばしい色あいになるなんて！　それにすっごくいい匂いだ。

「焼きたてよ。あかり、味見してみる？」

「うん！」

ミニーがカットしてくれたキッシュのひときれを口に入れて、私はじ～んと感動してしまった。

すっごくすっごくおいしい！

外はさくさく、中はふわふわで、バターの風味がしっかりきいてる。

どんな魔法を使ったら、あのふにゃふにゃして味のなかった生地が、こんなにおいしくなっちゃうの!?

「とってもおいしいよっ。二人とも、すごすぎ！」

私の言葉に、ミニーとデイジーは、同時にふふっとほほえんだ。

「私たちも、あかりに負けないくらいお料理が大好きなのよ」

とミニー。デイジーが、ウィンクして言葉をついだ。

「それに、大好きなボーイフレンドのサポートもね！」


そして迎えた、パーティーの日。

たくさんの人々が、ゆめいろカフェにつめかけた。

「ようこそ、私たちのパーティーへ」

「楽しんでいってね！」

入り口でお客さんを出むかえるのは、ミニーとデイジー。

「本日のメニューだよ～！」

お客さんにメニューカードを配ってまわるのは、グーフィーだ。

私とミッキー、ドナルドは、料理を出したり、飲み物のリクエストを聞いたり。

カフェのテーブルの上には、みんなで作った料理がずらりと並ぶ。

ミッキーをイメージしたスマイルラテに、アイスとトロピカルフルーツをたっぷりつめたトライフル。

それにもちろん、ミニーとデイジーが作ってくれたキッシュもある。

テーブルの中央でひときわ目を引いているのは、ロマンチックマカロンタワー。

パステルカラーのマカロンがツリーのように積みあがったタワーは、すっごくゴージャスだ。

がんばったかいあって、どのお料理も大好評！

お客さんはみんな、笑顔でパーティーを楽しんでくれているみたい。

「あかり。このキッシュおいしいわ！　ほんわかした優しい味ね」

お客さんにほめられるたび、私はたまらなく誇らしかった。

「ありがとう！」

お礼を言ってから、はっとした。

ミッキーとドナルドがプレッツェルのために作ってくれた生地……晴れてキッシュに生まれ変わったことを、まだ二人に伝えていなかった！

「ミッキー、ドナルド。あのね」

と、私は声をかけた。

「二人が作ってくれた、プレッツェルの生地なんだけど……」

「あぁ。ミニーとデイジーが、僕たちの生地をキッシュに作りかえてくれたんでしょ？」

ドナルドがさらりと言う。私はびっくりして目を見開いた。

「えぇーっ、なんで知ってるの!? もしかして、ミニーとデイジーから聞いたの？」

二人はきょとんとした顔で首をふった。

「聞いてないけど、食べてみたら分かるよ」と、ドナルド。

「ガールフレンドのお料理の味は、絶対に分かるよ！」と、ミッキー。

わお、さすが二人のボーイフレンド。

説明するまでもなかったみたい。

「ごめんね、プレッツェルのために作ってくれたのに、ほかの料理にしちゃって……」

「そんなの、全く問題ないよ」

ドナルドが、なんでもないことのように首をふる。

「ハハッ、こっちのほうが、ずっといいね。ミニーの料理は最高さ！」

ミッキーもそう言ってくれて、私は心からほっとした。


パーティーは大いに盛りあがった。

料理の評判を聞いて、あとからあとから、たくさんの人が来てくれて。

もしかして、マジックキャッスル中の人が来てくれたんじゃないかと思っちゃうくらい。

どれだけ大勢のお客さんが来ても、大丈夫だ。

だって、お料理は山ほどあるもん！

「みんな、喜んでくれているね」

私はミッキーとドナルドに、そう声をかけた。

「そうだね。たらふく花の種をたくさん使ってよかったよ」

ミッキーの言葉に、うんうんとドナルドもうなずく。

「おいそぎ花の種も、役に立ったよね」

「もーっ、二人ともげんきんなんだから！」

でも、確かに、二人がたらふく花の種とおいそぎ花の種を使いすぎちゃったおかげで、こんなに楽しいパーティーが生まれた。

これって、結果オーライだね！

「かわいくっておいしいメニューがいっぱいね。みんな、招待してくれてありがとう」

お客さんの一人が、そう声をかけてくれた。

手に持ったお皿には、山盛りのお料理がのっている。

「そう言ってもらえて、僕もうれしいよ！　ハハッ！」

「本当に楽しいパーティーだわ。でも……こんなにたくさんのお料理、作るの大変だったんじゃない？」

お客さんが、ふと心配そうな顔になる。ドナルドが元気よく首をふった。

「大変だけど大変じゃなかったよ！　みんなで力をあわせたからね」

「そうそう」

私も、うなずいて言った。

「泡だて器を使うのはデイジーがやってくれたし、シトラスの皮をむいたりハートベリーをつぶしたり、せんさいな作業はミニーがやってくれたしね。この芸術的なデコレーションはグーフィーががんばったよ」

「一番大事な味つけは、カフェでいつも料理を作ってるあかりの仕事！」

と、ミッキー。

すると、お客さんが首をかしげた。

「ミッキーとドナルドはなにをしたの？」

「僕とミッキーは、プレッツェルの生地を作ったよ」

「？　プレッツェルなんて、ないよ？」

お客さんが不思議そうにテーブルを見まわしたのを見て、私たちは顔を見あわせて、くすくす笑っちゃった。

「なかなか計画通りにはいかないものさ」と、ドナルド。

「きっと計画以上のパーティーだと思うよ！」と、ミッキー。

「そうね。みんなのおかげで、最高のパーティーを楽しんでいるわ」

お客さんが笑顔でうなずいたのを見て、私は誇らしい気持ちで言った。

「みんな得意なことが違うから、助けあうのがいいよね！」

2 アトランティカの演奏会

太陽がじりじりと照りつける。日を追うごとに、気温がどんどん高くなってきた。
マジックキャッスルに、夏本番がやってきた。

「う〜〜〜ん……」
私は噴水に腰かけて、朝からずーっと、うんうんうなっていた。
カフェのメニューを、夏らしいものに変更したいんだけど……。
夏らしいメニューって、なんだろう。
しゅわしゅわのソーダのスープ？
はたまた、アイスクリームのオムライス？
もしくは、シャーベットのカレーライスとか。
うーん、どれもいまひとつピンとこない。

「こんにちは、あかり。なにしてるの？」

元気な声とともに、ミッキーが現れた。

花束を持ってるところを見ると、ミニーに会いに行くところかな。

「ミッキー、こんにちは。今ね、夏の新メニューを考えてるんだけど、全然いいアイディアが浮かばないの。ミッキーは、どんなメニューがいいと思う？」

「うーん、そうだなぁ。グラタンなんて、どう？」

ずるっ。

ミッキーの答えに、私はずっこけてしまった。

「夏っぽいメニューだってば！　あつあつのグラタンは、秋とか冬のメニューでしょ」

「あぁ、そっか。でも、夏にグラタンを食べちゃいけないって決まりは、ないんじゃないの？」

「決まりはないけどさ。でもやっぱり夏は、さっぱりすっきりしたものが食べたいじゃない？」

そっかー、とミッキーはうなずいた。

「じゃあ、夏でもおいしく食べられる、さっぱりしたグラタンがあったらいいかもね」

さっぱりしたグラタン、かぁ。

それって、どんなグラタンだろう？

さっぱりしてるものといえば、ソーダ……ソーダのグラタン……アイスのグラタン……

シャーベットのグラタン？　うーん、それっておいしいのかなぁ。

「……うーん、ほかにさっぱりしてるものといえば……」

「あはは、あかり、おもしろい顔してる」

「失礼な！　これはねえ、真剣に悩んでる顔なのっ。もう、茶化してないで、ミッキーもいっしょに考えてよ」

「うーん」

と、ミッキーはあごに手をあてて、四秒くらい考えるふりをした。

「特に思いつかないなぁ」

ですよね。自分で考えます……。

肩を落とした私に、ミッキーがなにげなく言う。

「あんまり一人で考えこまないで、物知りな人に相談してみるのもいいかもね」

なるほど！　物知りな人なら、心当たりがある。

マジックキャッスルに住む魔法使い、イェン・シッドさん。

白いあごひげをながーく伸ばした魔法使いで、魔法に関することはもちろん、ほかにもいろいろなことをたくさん知ってるの。

イェン・シッドさんに聞けば、なにかヒントをもらえるかも！

マジックキャッスルの西にある、背の高い塔が、イェン・シッドさんの家。

白いレンガ造りの壁には蔦がはっていて、いかにも魔法使いが住んでいそうなふんいき。

でも……イェン・シッドさん、ちょっと、怖いんだよね。

気むずかしそうで、近寄りがたいっていうか。

私は、藍色の扉をそっと押して、おずおずと中に入った。

「あの……こんにちは～……」

「あかりか。なんの用だ」

椅子に座って本を読んでいたイェン・シッドさんは、けわしい目つきで、こっちをにらんだ。

いや、ふつうに見ただけかもしれないけど、目つきが怖いから、にらんだようにしか見えない。

「えぇと……私、さっぱりしたグラタンが作りたいんだけど、なにかいいアイディアないかなと思って……」

「私は魔法の探究者。料理のことは専門外だ」

あっさり言って、イェン・シッドさんは本に目線をもどした。

会話、終了。

うーん、早かった……。

なんて、カンタンにあきらめるわけにはいかない。

私は、くいさがって聞いた。

「イェン・シッドさん！　グラタンにはどんな食材があうと思う!?」

「わからぬ」

「夏にぴったりの、さっぱりした食べ物ってどんなものが思い浮かぶかな⁉」

「ム？」

「こってりしたグラタンを、夏でもおいしく食べるためには、どうしたらいいでしょうかっ⁉」

「知らん」

「さっぱりした魔法の食材はどこの世界に行けば手に入りますかねっ⁉」

「**アトランティカ**にあるかもしれんな」

あれっ。なんか今、最後の質問に、答えてくれた……⁉

私はイェン・シッドさんの顔を、じっと見

つめた。

相変わらずのしかめっ面以外、表情からは厳しさしか感じられないけど、今確かに、『アトランティカ』にあるかもって……。

「アトランティカって、なんなの？」

「人魚たちが住む海底の王国だ。マジックキャッスルとは、東の海辺にあるマジックゲートでつながっておる」

わぁ、海底の王国だって！

想像しただけでワクワクしちゃう。

お魚さんや、人魚にも、会えるのかな？

「東の海辺だねっ！　行ってきまーす！」

たったかたーと元気よく飛びだしていきかけた私の身体を、イェン・シッドさんの魔法がひょいとすくい上げた。

「アトランティカは海底にあるのだぞ。どうやって行くつもりだ」

「それは……えーと、泳いで？」

「あさはかであるな……」

イエン・シッドさんの手が宙をつまびくと、どこからともなく、魔法の杖が現れた。それから、洋服も。オレンジ色があざやかなビキニと、水色のスカート！

「人魚服を着ていくのだ。海の中でも呼吸ができて、泳ぐのも楽になる」

「こっちの杖は？」

「オバケを退治するのに使う」

あぁ、なるほどね。そっか、オバケか〜……って、

「えっ、オバケ!?　アトランティカには、オバケが出るの？」

「出る」

「そのオバケは、攻撃してくる？」

「くる」

「それって、この魔法の杖で倒せるの？」

「倒せる」

イエン・シッドさんはあっさりうなずくけど……うーん、大丈夫かなぁ……。

私は、目の前に浮かぶ魔法の杖を、ゆっくりと握ってみた。

深い青色の石が、先端についている。

なんだか、見つめているだけで、力がみなぎってくるみたい。

うん。この杖なら、オバケが出ても倒せそうな気がするよっ！

「ありがとう、イエン・シッドさん。早速、アトランティカに行ってみるね！」

「あかり、忘れるな。アトランティカに行くときには、必ず人魚服を着ていくのだ」

出ていきかけた私に、イエン・シッドさんが改めて念を押すように言った。

「わかってる。息ができないと大変だもんね」

「それだけではない。アトランティカを治める人魚の王トリトンは、大の人間嫌いだ。人間だとバレたら……」

私はゴクリと生唾を飲みこんだ。

「人間だと、バレたら……どうなるの……？」

「わからん」

がくっ。

意味深なところで、言葉を切らないでよ～。

顔が怖いから、ドキドキしちゃうじゃんっ。

「しかし、トリトン王の力は強大だ。絶対に、人間だと知られてはいかんぞ」

「はい！」

それにしても、よりによって王様が、人間嫌いなんて……。

もしかして、人魚はみんな、人間が嫌いなのかな？


アトランティカへのマジックゲートは、マジックキャッスルの東の海辺にある。

私は人魚服に着替えて、浅瀬に浮かぶマジックゲートの前に立った。

このゲートを抜ければ、海底の王国・アトランティカに行ける。

そう、アトランティカは、海底にあるのだ。

イエン・シッドさんは、この服を着ていれば息ができるって言ってたけど……もし、なにかの間違いで、息ができなかったらどうしようっ⁉

それに、私、あんまり泳ぐの得意じゃないし！

やっぱり、もどろうかな……と、後ずさりかけたとき、ふと、ミッキーの顔が頭に浮かんだ。

夏でも食べられる、さっぱりしたグラタン。

せっかくミッキーがアドバイスしてくれたんだもん。

絶対、実現させなきゃ！

私は、目の前に広がるマジックゲートを見すえて、数歩うしろに下がった。でもそれは、怖気づいたからじゃない。助走をつけるため！

「えーいっ！」

水しぶきをはね上げ、私はいきおいよく、マジックゲートの中へと飛びこんだ。

目の前を、小さな黄色い魚が通りすぎていく。
こんなにあざやかな色のお魚さん、初めて見た……って、なんで、魚が宙を泳いでるの!?

はっと我に返った。
私、水の中にいる！　えーっ、うそ！
息が、息が苦しっ…………………………くない。
すーはー、すーはー。
吐いた息が泡になって、上のほうに浮かびあがっていく。
信じられない。水の中にいるのに、息ができるなんて！
それに、水圧も全然感じない。ヒレをちょっと動かしただけで、すいすい泳げちゃう。
陸の上にいるときよりも、身軽なぐらいだ。
ここが、アトランティカ……？
私はあたりを見まわして、目を見張った。
海面から差しこむ日の光が、海底の砂の上できらきらと揺らめいている。色とりどりの
カラフルなサンゴに、ゆらゆら揺れる海草たち。
満天の星みたいにキラキラ光っているのは、ヒトデや貝がらだ。
「すご〜い！　本当に、来ちゃった！」

ヒレをくるくる動かすと、身体もいっしょに、船のスクリューみたいに回りだす。

これが人魚服の魔法の力なのね。

本当に、想像していた通りの人魚になれちゃったみたい！

楽しくて、ヒレをバタバタさせていたら、先っぽが、海底に落ちていた貝がらにあたってしまった。

カタン、カタタン。

貝がらは、不思議な音を立てて跳ねあがり、遠くに転がっていく。

いけない、いけない。調子に乗りすぎちゃった。

と、そのとき。

「なんだ、今の音は？」

「フランダーなの!?」

女の子の人魚と、真っ赤なカニさんが、姿を現した。

あざやかな赤い髪をした、とってもかわいい人魚さんだ。でも、なんだか、慌てているみたい。きょろきょろと辺りを見回して、私に気づくと、

「ねえ、あなた、今こっちのほうからなにか落ちるような音が聞こえてこなかった？」

うわぁ、すっごくきれいな声！

まるで、鈴を転がしたみたい。ふつうの会話でこんなにきれいな声なんだから、きっと歌を歌ったりしたら、すっごくすてきなんだろうなぁ……。

「ねえ、私の話、聞いてる？」

思わずぼーっとなっちゃってて、はっと我にかえる。

「あっ、ご、ごめんなさい！　さっきの音は、私のヒレが貝がらをはねあげた音です」

「ヒレを貝がらにこすったのか？　ずいぶん不器用なんだな」

と、カニさんのほうが、不審げに目を細める。

あわわ、怪しまれてる!?

「そうなんです。私、人魚なのに、泳ぐのがちょっとニガテで……」

「泳ぐのがニガテ？　そんな人魚、聞いたことがない」

「さ、最近この辺りの海にやってきたんです！　私、あかりって言います！」

いきおいあまって自己紹介までしてしまった。

私が差しだした両手を、カニさんがハサミの先っぽでゆるゆると握る。

人魚さんは、そわそわと落ち着かない様子で、早口に言った。

「そうだったのね。私は音楽家のセバスチャンでこっちはカニのフランダー。ゆっくりあいさつする時間がなくて、ごめんなさい。私たち、アリエルを探してるのよ」

「落ち着け、アリエル。まちがっているぞ」

真っ赤なカニさんが、冷静に、訂正を入れた。

「正しくは、彼女がアリエルで、私が偉大な音楽家のセバスチャンだ」

「あぁ、そうだったわね。ごめんなさい、私たち、今、急いでて。いなくなったフランダーを探していたのよ！」

「フランダー？」

私は首をかしげた。

「私たちの友達の、魚だよ。昨日から姿が見えないんだ」

と、セバスチャン。

「大事なお友達なのよ。はやく見つけてあげなくちゃ」

「落ち着けと言っているだろう、アリエル。やみくもに探すのは危険だよ。アトランティカの外には、最近オバケがたくさん出るんだ」

わ、イェン・シッドさんの言ったとおり。

アトランティカには、本当にオバケが出るんだ。

「オバケがたくさん出て、危険だからこそ、いそいで探さなくちゃいけないんじゃないの！　フランダーがオバケに食べられちゃう前に」

「縁起でもないことを言うな。オバケが魚を食べたりするもんか、人間じゃあるまいし」

アリエルとセバスチャンは、言いあいを始めてしまった。

「そんなの、わからないじゃない！　オバケのことはなんにも分かってないもの。あぁ、かわいそうなフランダー……今ごろ、一人で泣いてるかもしれないわ」

「だから、私が探しに行く。アリエル、きみはここに残りなさい」

「いやよ。フランダーは私の親友だもの。フランダーが見つかるまで、私、演奏会の練習しないからっ」

「なにを言う！　演奏会は、関係ないだろう」

「あのー……」

私は片手をあげて、二人の応酬に口をはさんだ。

「よかったら私も手伝うよ。それにオバケを退治できるかもしれないから」

「あかりがオバケを退治できる魔法を使えるなんて、びっくり。でも、本当に助かるわ」

「全くだ。オバケを退治できるかもしれないなんて、本当にありがたいよ」

アリエルとセバスチャンといっしょに、フランダーを探して、海底を泳ぎまわった。オバケに気をつけながらフランダーを探し、さらにグラタンの材料も探さなきゃいけないなんて、なかなか忙しいことになってしまった。

でも、困ってる二人を放っておけないしね。

セバスチャンによると、アトランティカにオバケが出るようになったのは、ここ最近のことらしい。

通りかかる魚や人魚を見つけては、悪さを繰り返しているみたい。

アトランティカの王様であるトリトンもオバケには手を焼いていて、みんな困っているんだって。

しばらく進むと、あたりが少し薄暗くなった。

太陽の光が、あんまり届いていないみたい。

「オバケが出るのは、このあたりのはずだ」

アリエルの肩に乗ったセバスチャンが、警戒してきょろきょろとあたりを見回す。

「ねえ、オバケって、どんな姿をしているの？」

「私もまだ見たことがないのよ。でも、お父様の話だと、海草に似た形をしているらしいわ。身体は緑色で、頭から葉っぱが二枚生えてて、大きくて真っ黒な目をしているんですって！　それに、口が顔の端まで裂けてるの」

えーっ、口が裂けてるの!?

私は手に持った杖を、ぎゅっと握りしめた。

イエン・シッドさんは、この杖で魔法が使えるって言ってたけど、本当に大丈夫なのかなぁ……。

「緑の身体に、真っ黒な目に、裂けた口かぁ……どんなおっかない外見か、想像もつかないや」

「そうねぇ。あ、ちょうど、あんな感じじゃない!?」

アリエルが指さした先には、まさに、アリエルが説明したとおりの生き物が、ふよふよと海の中を漂っていた。

大きな目に、緑色の身体、頭から生えた二枚の葉。ときどき、真っ黒い墨を吐いている……。

「「わ〜〜〜〜っ！」」

私とセバスチャンは、同時に飛びあがった。

その叫び声で、オバケがこっちに気づいちゃったみたい。

〝きひひひひっ！〟

気味の悪い笑い声をあげて、ゆらゆら揺れながら近づいてきた。

確かに口は裂けてて目は大きいけど、恐ろしいっていうより、どちらかというと、おもしろい顔。これがオバケだとしたら、そんなに怖くないかも。

「あかり、がんばって！」

「たのんだぞ！」

あっ、そうだった。私が退治するんだっけ。

アリエルたちは、ちゃっかり海草の茂みに隠れる。

私は、オバケに向かって、魔法の杖をかまえた。

あれ？　でもこの杖って、どうやって使うんだろう。私ってば使い方を聞いてなかった!!

〝きひひひひっ!〟

わ〜〜っ!

迷っている間にも、オバケは、笑い声をあげて突進してくる!

どうしよう!? この杖、どうやって使うの〜!?

「えいっ!」

ぶんっ。

杖をひとふりしてみると、先端からたくさんの泡が飛びだしてきた。

その泡が、オバケの身体を捕らえた。ストライクだ! すると、オバケの身体が白く光って……ふっと消えちゃった。

すごいっ! これが、魔法の力!?

「あかり、気をつけて! 上から新手よ!」

アリエルに声をかけられて、はっと顔をあげると……。

ぎゃ〜! オバケがたくさん並んでる!

一匹だけじゃなかったの!?

「えいっ！　えいっ！　え――いっ!!」

魔法の杖を振るたびに、泡がぽぽぽぽんっと飛びだしていく。

泡があたったオバケは、自分も泡になって消えちゃうみたい。

たくさんいたオバケたちは、あっという間に、みんないなくなってしまった。

「すごいわ、あかり！　あんなにいっぱいいたオバケを、やっつけちゃうなんて！」

「あかりの魔法はすばらしいな！」

アリエルとセバスチャンにほめられて、エヘヘ、と私は照れ笑いを浮かべた。

「実は魔法を使ったのってこれがはじめてだったんだけど……うまくいってよかったよ」

アリエルとセバスチャンが「えっ」と顔を見あわせる。

「あかり……あなた、今、はじめて魔法を使ってオバケを退治したってこと？」

「えっ、うん、まあね」

正直に白状すると、アリエルとセバスチャンが一瞬だまって、それから同時にさけんだ。

「すごいわ！」

「きけんだ！」

同時に真逆のことをさけんだ二人は、一瞬にらみあい、それから早口にまくしたてた。

「はじめてなのに、あんなに上手に魔法が使えるなんて、すごいわ！　あなたはきっと、自分を信じる力が強いのね。それってとっても、すてきなことだわ」

「なんとか倒せたからよかったようなものの、もしも効かなかったらどうする気だったんだ!?　相手のことをよく知らないまま戦うのは危険だよ、あかり。なんとかなったから、よかったようなものの」

「まぁ、相変わらず頭がかたいのね、セバスチャン。助けてもらったのに、お説教？」

「それとこれとは話が別だ！　私はあかりのことを思って言ってるんだ」

「ふ、二人とも、ケンカしないで〜……」

って、私が原因なんだけど。

私はセバスチャンに向きなおった。

「無茶してごめんね、セバスチャン。でも、私を信じて魔法の杖を授けてくれたんだって、自分を信じたの。そしたら、力がわいてオバケを退治できたの」

「あぁ、まぁ……まぐれで倒せたとは思っておらんが、油断は禁物だ……」

セバスチャンは硬い表情で、ハサミを自分のあごにあてた。

「それにしても、あんなにたくさんのオバケが一度に出てくるとは。これはトリトン王に報告したほうがよさそうだな。私は一度、アトランティカにもどるよ」

「えっ、フランダーはどうするの？」

「きみとアリエルで探してくれ。アリエル一人では心配だったが、きみがいれば大丈夫だろう。あかり、くれぐれも、アリエルから目を離さないでくれよ。それから、無茶だけはしないでくれ」

「うん、わかった！」

うなずいて、ふりかえると……。

あれっ、アリエルがいない！

「ここよ、あかり～！」

遠くで手をふる人影が見える。

ええっ、もうあんなに遠くに行っちゃったの!?

「……くれぐれも、目を離さんでくれよ」

セバスチャンに、ハサミでぽんと肩をたたかれる。

うーん、大丈夫かなぁ……。

「アリエル、待ってよ～っ」

「こっちよ、あかり！」

どんどん先を行ってしまうアリエルを、私は必死に追いかけていた。

「あんまりっ、急いで行ってて……またオバケとっ、鉢あわせたらっ、あぶないよっ」

ぜえぜえ。

まだスピードを出して泳ぐのに慣れてなくて、私はついていくだけで必死。

「でもね、こっちの方角からフランダーの声が聞こえたの！」

「えっ、ほんとに？」

耳をすましてみるけど、なにも聞こえない。

でも、アリエルは自信まんまんみたいで、どんどん先に進んでいく。

しばらく泳いで進むと、前方に、大きな影が現れた。

近づいていくにつれ、形がはっきりしてきて、私はあっと息をのんだ。

「な、なにあれ……」

大きな船がまるごと、海の底に沈んでる……。

「沈没船よ！」

アリエルが、なぜか弾んだ声で言う。

ぼろぼろの帆がまとわりついたマストは途中で折れ、窓ガラスは水圧で割れて一枚も残っていない。

船首には、鈍く光る人魚の像があった。今はぼろぼろだけど、きっと、かつてはりっぱな船だったんだろう。

「人間の道具が見つかるかもしれないわ！」

アリエルはすいすいと、沈没船のほうへ泳いで行ってしまった。

ちょっとちょっと、フランダーを探すんじゃなかったの？

あきれつつ、あとを追う。

と、そのとき、海草のかげから、緑色の影がアリエルに向かって飛びだしてきた。

〝きひひひひっ！〟

オバケだ！

「アリエル、あぶないっ！」

すかさず私は杖をかまえて、ぶんと振った。

しゅぽぽぽぽっ。

飛びでた泡が、オバケを直げき！

オバケは白い光を放ちながら、すーっと消えちゃった。

「あかり、うしろ！」

アリエルに言われて、ふりかえる。

別のオバケが両手を広げて、今にも私におそいかかろうとしていた。

「えーいっ！」

杖をぶんっと振りおろす。

特大の泡が出て、オバケの顔面にクリーンヒット！

でも、消えたオバケの背後から、さらに三体のオバケが姿を現す。

「えいっ、えいっ、えーいっ！」

しゅぽぽぽぽーんっ！

杖から一直線に飛びでた泡が、三体並んだオバケたちを、ドミノ倒しみたいに消していく。

なんだか、オバケ退治、慣れてきたかもっ。

立ち止まって、あたりを見回す。とりあえず、みんな退治できたかな……と、一息つきかけたとき、背後でこぽこぽっと泡の音がした。

またオバケ!?

ばっとふりかえると……。

「アリエル～!」

飛びだしてきたのは、オバケじゃなくて、黄色いお魚さん。

「フランダー! ここにいたのね!」

アリエルが両手を広げて、飛びついてきたフランダーを抱きしめた。

「無事でよかったわ、フランダー!」

「心配かけてごめんね、アリエル。おさんぽしてたら道に迷っちゃったんだ。そしたら、オバケがたくさん出てきちゃって、沈没船の中にかくれてたの。迎えに来てくれてありがとう、アリエル。それから、きみも」

フランダーは私のほうに向きなおると、にっこりほほえんだ。

「きみ、すごいんだね！　あの泡の魔法で、オバケたちを一瞬で追いはらっちゃうなんて」

「えへへ〜、いや、それほどでも……」

私は照れくさくて、うつむいてしまった。

すごいのは、私じゃなくて、イエン・シッドさんがくれたこの杖だしね。

「僕、フランダーっていうんだ。よろしくね」

言いながら、フランダーは、右のヒレをこっちに差しだしてきた。

ええと、握手ってことかな……？

「よろしくね。私は、あかり」

私は、フランダーのヒレをちょこんと握った。

なるほどね、人魚とお魚さんは、こうやって握手するんだ。

フランダーは、カラフルですごくかわいい魚。

身体は黄色だけど、ヒレの先は水色で、薄暗い海にいてもぱっと目立つ。

オバケに見つからないよう、沈没船に隠れていたのは正解だったのかも。

そうそう、またいつオバケが出てくるかわからないし、長居しないほうがいいよね。

「はやくアトランティカに帰ろう」

二人をうながして、もどろうと泳ぎだす。

ところが、誰かにヒレをつかまれて、私は手前につんのめって止まってしまった。

「わぁっ！」

ふりかえると、アリエルがいたずらっぽい笑みを浮かべて、私のヒレを両手で持っている。

「アリエル、あぶないじゃんっ。どうしたの？」

「ねえ、あかり、アトランティカにもどる前に、ちょっとだけ……」

「ちょっとだけ？」

アリエルは、私のヒレで口もとを隠しながら、深い青色の目で私を見上げて言った。

「ちょーっとだけ、沈没船の中を見ていきましょうよ」

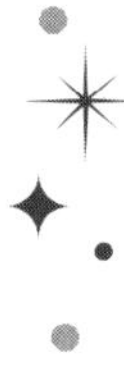

ちょーっとだけ、じゃあ、すまなかった。

「ここから中に入れるわ」

アリエルに手を引かれて、ガラスのなくなった窓枠から船の中へ入る。船内は荒れはて
て、割れた鏡や食器のようなガラクタが、床に散乱していた。

それなのに、アリエルときたら、

「わあ、すごい！　人間のものがたくさん〜っ！」

まるで宝の山を見つけたような喜びよう。

どうやらアリエルは、人間のものにすっごく興味があるらしい。天井から床から、壁の
はしからはしまで泳ぎまわっては、目についたもの全てに、大はしゃぎしている。

「ねえあかり、これはなにかしら!?　くるくる回るわ！」

「それは羅針盤って言って方角を知るための……」

「見て、不思議な色の石！　とってもきれいだけど、なにに使うのかしらね？」

「あ、それはネックレスだよ。おしゃれのために首から……」

「まぁ、絵だわ！　あかり、大変、絵がある！」

私の説明なんか聞いちゃいないアリエルは、羅針盤やらネックレスやらをかたっぱしから拾い集めまくっている。かと思うと、壁にかかった油絵に鼻先がくっつきそうなくらい近づいて、うっとりとつぶやいた。

「火が燃えるって、どんな感じなのかしら」

ところどころ絵の具のはげたその絵には、女の人がろうそくの炎で明かりをともして、本を読んでるところが描かれている。

そっか。アリエルは、炎を見たことがないんだ。

海の中では、火は燃えないもんね。

いろんなものに夢中になっているアリエルをそっとしておいて、私も船内を探検することにした。

奥には階段があって、のぼっていくと、甲板に行きつく。

甲板には、サンゴやイソギンチャクがたくさん根をおろして、すっかり自分の住み家にしていた。この船が沈んでから、長い年月が経っていることがわかる。

辺りを見回して、ふと、隅のほうに古びた木の箱がひっくり返っているのに気がついた。

宝石箱……かな？　鍵がついているけど、すっかりサビついていて、力を入れるとカンタンにこわれてしまった。

中に入っていたのは、まるい白い木の実と、きれいな赤いサンゴ。

どっちも、魔法のレシピで見たことがある材料だ。名前は確か……マリンソルトの実と、桃色サンゴ。

「あっ」

急に思い出した。そういえば、アトランティカに来たのは、さっぱりしたグラタンを作るためだったっけ。

このマリンソルトの実を使えば、グラタンの後味がかなりさっぱりするんじゃないかな？

それに、この桃色サンゴでデコレーションしたら、見た目も涼しげになりそう。

私はマリンソルトの実と桃色サンゴを、持ち帰ってみることにした。

人魚服にはポケットがないから、水着の内側に入れておく。

「アリエルー！　あかりー！　あんまり長居すると、またオバケが出ちゃうよ。そろそろ帰ろう！」

フランダーが呼ぶ声が聞こえてくる。

船の中にもどると、アリエルは食器やらなにやらを両腕いっぱいに抱きしめて、幸せそうにしていた。

「ここにあるもの、全部持って帰りたいわ。フランダー、あかり、手伝って！」

「ええっ、全部!?　それはちょっと……一度にはむずかしいかも……」

「じゃあ、まずは、これとこれとこれとこれと……あと、これとこれと、この絵も！」

「アーリーエールー！　そんなにたくさん持って帰れないってば！」

フランダーに怒られて、アリエルはしぶしぶ、外した絵画を壁にもどした。

「じゃあ、まずはこの、丸い不思議な道具を持って帰りましょう……ああ、待って、でも、さっきのグルグルした針金がついた道具もいいわね。でもあれはもう二十個も持ってるから、別のやつがいいかしら」

アリエルは部屋中ぐるぐるまわって、どれを持って帰ろうか、厳選を始めた。

あれ。でもトリトン王は、人間が大嫌いなんじゃなかった？

隣にいるフランダーに、そっと聞いてみる。

「人間のものを持ち帰ったら、トリトン王に怒られちゃうんじゃない？」

「大丈夫だよ」

と、フランダーはウィンクで答えた。

「アリエルには、秘密の洞窟があるんだ」

「決めたわ！　これを持って帰る！」

アリエルが、銀色のスプーンを三本と、毛がボサボサに広がった絵筆を、誇らしげに私たちにかかげて見せた。

アリエルは本当に、好奇心がおうせいだ。

それに、人間の道具が、大好きみたい。

いつかアリエルが、人間の世界を満喫できる日が来たらいいなって、私は心からそう思った。

アリエルとフランダーに案内されて、私は〈秘密の洞窟〉へとやってきた。

入り口は海草やサンゴの陰にかくれて、ぱっと見ただけじゃ、そこに入り口があるなんて全然わからない。

ほかの人魚たちの人目につかないよう、隙をみて素早くさっと中に入る。ほの暗い通路を少し進むと、すぐに開けた場所に出た。

「わぁっ……」

辺りを見わたし、私は、あんぐりと口が開いてしまった。

洞窟は海面に向かって、縦長に伸びている。

その壁一面にずらりと並んでいるのは、ぜーんぶアリエルのコレクション！

銀や陶器やガラスや、いろいろな素材でできた、たくさんの食器類。ワイングラスは、海面から降りそそぐ優しい日光を反射して、きらりとかがやきを放っている。

燭台には、ふしぎなことに、ろうそくではなくスプーンやフォークがさしてあった。

それから本、地球儀、時計に鏡など、人間が作ったものが、とにかくいっぱい！

「ほら見て、すてきでしょ！　今日拾ったスプーンは、ここに飾るわ。これでもっと完ぺきになったわね」

満足げに言って、アリエルは、三本のスプーンを燭台の上にさした。

燭台は、本来はろうそくを立てるための台。今はろうそくに代わって三本のスプーンがかがやいている。ふふ、なんだかおもしろい。アリエルのセンスあふれるデコレーションだ。

それからアリエルは、小さな宝石箱を手に取って、中を開いて見せてくれた。

「見て、これなんて二十個もあるの！　なに

に使うのかは分からないけど」

箱の中をのぞきこむと、ワインのコルク抜きがずらっと並んでいる。

ひとつひとつ、向きをそろえて、きれいに整理されている。

それだけで、アリエルがすごく大事にしていることが、伝わってきた。

「すごいね。これ、全部アリエルとフランダーが集めたの？」

「ええ、そうよ。海をまわって、拾い集めたの」

「使い方が分からないものがほとんどだけどね」

フランダーの言葉に、アリエルが心外そうに片眉をあげた。

「あら、そんなことないわよ。分からないなら、想像すればいいんだもの！」

そう言って、取りだしてきたのは、双眼鏡だ。

「これはきっと、物を小さく見せるための道具よ。こうしてこのガラスをのぞくと、すべてのものが小さく見えるの！」

さかさまの双眼鏡を目にあてて、あちこちの方角に顔を向けるアリエル。

うーん、惜しい。

小さく見えるのは、逆向きにのぞいているから。

向きを反対にすれば、物が大きく見えるはずなんだけど……。

「それから、これ！　あかり、これはなにに使うものだと思う？」

アリエルが指さしたのは、今日拾ってきたばかりの、毛がボサボサに広がった絵筆だ。

「う～ん、なんて言えばいいのかな……」

私は首をかしげた。

「背の高いイソギンチャクかな？」と、フランダー。

「私の想像ではね、これはきっと、指揮者が使う棒だと思うの。セバスチャンが使う指揮棒は細いけど、人間はこんな形の、飾りつきの指揮棒を使うのよ」

アリエルは、神妙な顔つきになって、絵筆をかまえた。

そして気取った仕草で一礼すると、ボサボサの絵筆を優雅にあやつって、四拍子のリズムを刻みながら歌い始めた。

アリエルは声がきれいだから、歌を歌うと、本当にうっとりしちゃうくらいにすてき。

フランダーが曲にあわせて、くるくると泳いだり、ヒレをぱたぱた動かしたりして、ダンスを始めた。

私も見よう見まねで、フランダーといっしょに踊ってみる。

「わぁっ。あかり、ダンスがとっても上手ね！」

えっ、そう？

ほめられて調子に乗った私は、フランダーと手をつないだまま、くるりくるりとその場で何回転もした。

「あははっ、あかり、目がまわっちゃうよっ！」

フランダーが楽しそうに叫ぶ。

アリエルの歌声と指揮にあわせて、私とフランダーは、手をつないで踊り続けた。


踊りつかれるまで踊って、それから私とアリエルとフランダーは、人目がないことを確認しながら、そ〜っと秘密の洞窟から外に出た。

アリエルが、秘密の洞窟に人間の道具をコレクションしていることは、もちろんみんなには内緒。

もしトリトン王の耳にでも入ったら、怒られちゃうんだって。

こういうの、三人だけの隠れ家って感じがして、どきどきしちゃう。

「あーあ」

水草の切れはしが、ゆっくり沈んでくるのを見上げて、アリエルがつまらなそうにため息をついた。

「人間が落ちてこないかしら。そうしたら、人間の世界のことをたくさん聞けるのになあ」

「おぼれちゃうよ、アリエル」

と、フランダーがあきれたように言う。

「人間は水の中では息ができないんだから」

「大丈夫よ、私が助けるから。そうして、人間の世界のことをたくさん教えてもらうの」

「人間の世界が、なんだって？」

ぎくっ。

ふりかえるとセバスチャンが、腕組み……じゃなくて、ハサミを組んで、立っていた。

「アリエル、あかり。フランダーを見つけたんなら、私に教えてくれ。心配したんだぞ」

あっ。そういえば、秘密の洞窟に気を取られて、フランダーが見つかったことをセバスチャンに報告するの、忘れてた。

「心配かけてごめんね、セバスチャン」

フランダーが、セバスチャンの前に泳ぎでる。

「僕、道に迷っちゃって。ずっと、沈没船の陰にかくれてたの」

「そうだったのか。ケガがなくて、なによりだ。それはさておき……」

セバスチャンはしぶい顔つきで、アリエルのほうを見た。

「また人間の世界の話をしてたな、アリエル？　聞こえたぞ。全く、困ったお姫様だ」

「ち、違うよセバスチャン！」

と、私はあわてて言った。

「人間の世界の話をしてたのは、アリエルじゃなくて、私なのっ」

「あかりが？」

セバスチャンがじとっと私をにらむ。

「あかり。きみは、陸の上に興味を持っているのかね？」

「あかりじゃないわ。私が……むぐっ」

言いかけたアリエルの口をふさいで、私はあわてて言った。

「そ、そうなの。どんな場所なのかな〜って、ちょっと、気になっちゃってさ〜……」

セバスチャンはあきれ顔で、ぴょんと私の肩の上に飛びのった。

「いいかい、あかり」

と、私のほっぺたを、ハサミの先でつんつん突つきながら言う。

「海の底の生活こそ、最高なんだよ。人間の世界は、ひどいところなんだから。地上じゃあ、みんな朝から晩まで働きづめらしい。アトランティカにいれば、優雅に暮らせるってのにね。人間ってのは、かわいそうな生き物さ」

「そうかなぁ」

と、私はカフェでの一日を思い出しながら首を傾げた。

確かに大変なことも多いけど、お客さんの笑顔が見られるのはうれしいし、楽しいこともいっぱいある。

「一生懸命働くのって、いいことだと思うよ」

「おいおい、人間の肩を持つのかね」

私はあわてて、両手を振った。

「い、いやいや、そんなことないよっ！　海の底のほうがいいに決まってるじゃん！」

「あら、そんなことはないわよ」

と、今度はアリエルが反論する。

「セバスチャンは人間のことを誤解してるわ。すてきなものをたくさん作りだす人間の世界が悪いだなんて、信じられない！」

ぷいっと、そっぽを向くアリエル。

もう、せっかく、人間の話をしてたのは私ってことにしたのに、台無しだ。

セバスチャンはなだめるように、今度はアリエルの肩に飛びのった。

「アリエル、聞きなさい。海の底の生活が、一番楽しいんだよ。アトランティカが誇る音楽家、このセバスチャンが、明日の演奏会でそれを証明しようじゃないか」

演奏会は、アトランティカの一大イベント。

国中の人魚やお魚さんたちが、アトランティカのお城にある大ホールに勢ぞろいする。

私とフランダーは小さなお魚さんのじゃまにならないよう、はじっこの席を選んで座った。

客席の中央には、ひときわ身体の大きな、男の人魚がいる。

きっとあれが、トリトン王だろう。

がっしりした大きな身体に、豊かで真っ白な髪とひげ。

いかめしい眉毛でにこりともしない。

三つまたの矛をたずさえた姿は貫禄たっぷりで、かなーり、近寄りがたい感じ……。

こんな人に怒られたら、心臓止まっちゃいそうだよ〜。

時間になり、しずしずと現れたセバスチャンを、みんなが拍手で出迎えた。

「えー、偉大なるトリトン王。そして、アトランティカの紳士淑女の皆さま。大勢の皆さまにお集まりいただき、まことに光栄でございます。さぁ、今宵は名だたる演奏家たちをおまねきして、すばらしい音楽をお聞かせいたしましょう！」

セバスチャンの指揮にあわせて、音楽が始まった。

ほら貝のトランペットと　サンゴのハープが奏でる、明るいメロディ。

貝がらのティンパニーが軽快なリズムをきざみ、コーラス隊の歌声が花をそえる。

思わず踊りだしちゃいそうなくらい、楽しい曲だ。

勝手に身体が動いちゃうのは、私だけじゃないみたい。

前に座る人魚さんたちや、隣のお魚さんたちも、みんなリズムにあわせて身体を動かしている。

お客さんだけじゃなくて、演奏してるみんなも、とっても楽しそう。

なにより、セバスチャンの得意げな顔ったらない。

演奏がぴたりと止まって、一瞬の静寂……。

鈴を転がすような、美しい歌声が、どこからともなく響きわたった。

背筋がぶわっと粟立つ。

アリエルの声だ。

やっぱり、すごい。

秘密の洞窟でも歌声を聴いたけど、こうして改めて大ホールで聴くと、歌声のすばらしさが際立つ。本当に心を持っていかれちゃう。

いつの間にかみんな、リズムをとるのをやめて、アリエルの歌に聴きいっていた。

歌が終わると、セバスチャンがくるりとふりかえって、うやうやしく一礼する。

お客さんはみんな、立ち上がって、拍手かっさい。

私も、夢中で手をたたいた。

隣でフランダーが、誇らしげに胸を張る。

「アリエルの歌は、世界一でしょ。セバスチャンの指揮もね！」

「うん。それに、二人とも、すっごく楽しそう」

と、そのとき、アリエルが私のほうを見て、手まねきした。

「あかり、あなたもステージの上にいらっしゃいよ。いっしょに演奏しましょう」

「えーっ！　でも、私、楽器なんて――」

持ってない、と言いかけて、はっと気づいた。

アトランティカに来たとき、貝がらをヒレではねあげちゃったときの音。

カスタネットみたいって、思ったんだよね。

そうだよ、貝がらをカスタネットにしちゃえばいいんだ！

ここはアトランティカ。

貝がらなら、そこらじゅうに落ちてる。

私は一番近くに落ちていた、桜色の貝がらを拾った。

そして、ステージの上にあがって……客席側をふりかえったら、頭の中が真っ白になってしまった。

見わたす限り、魚、人魚、魚、人魚……そして、トリトン王。

みーんなが、こっちを見てる！

「あ、アリエル、私、やっぱり、むり……」

私はカチコチになって、小声でアリエルにささやいた。

膝がぷるぷる震えだす。トリトン王、なんでよりによって、正面に座ってるの～！

「落ち着いて、あかり」

アリエルがそっと声をかけてくれる。

「お客さんをね、プカプカ浮いているヤシの実だって思えばいいのよ」

「そう。まずはきみ自身が、音楽を楽しむことが大事だよ」

セバスチャンも励ましてくれるけど、緊張は全然解けない。

「で、でも私、アガっちゃって、今にも倒れそうで……」

「大丈夫、きみならできるさ。それにもう演奏を始めるから、客席にはもどれないよ」

言い終わると同時に、セバスチャンがふいっと指揮棒を振る。

じゃーん、と楽団の音が響きわたり、曲が始まってしまった。

セバスチャン、ずるい！

これじゃあ、客席にもどろうにももどれない。

アリエルが、私を励ますように、ぽんと肩に手を置いて、歌いだす。

セバスチャンは楽団を指揮しながら、挑戦的な目つきで、私のほうを見た。

はやくまざれって、言ってるみたい。

おずおずと顔をあげると、真正面に座るトリトン王と、ばちんと目があった。

険しい目つきで、舞台をにらんでる。

アリエルは、プカプカ浮いているヤシの実だと思ったらいいって言ったけど、あんなに怖いヤシの実なんてないよっ。

メロディは、渦を描くように、どんどん盛り上がっていく。

なんて、もじもじしている間にも、前奏が終わりに近づく。

もーっ、やるしかない！

私は、カスタネットをかまえた。

セバスチャンが、ウィンクする。

入っていくタイミングを、教えようとしてくれるみたいに。

カタン！

私は、リズムにあわせて、力いっぱい貝がらをたたいた。

カタン！　カタタン！

カタン！　カタタン！

あれっ、なんかすごく、音楽にあってる気がする……！

カスタネットが奏でるリズムが、どんどん、音楽と私を結びつけてくれるみたい。

カタタタ！　タン！　タン！

メロディが私を手引きしているみたいに、どんどん気持ちが乗ってきた！

これ、すっごく楽しいかも！

アリエルがニッコリ笑って、すっと前に進みでた。

気持ちよさそうに歌いながら、私に手まねきする。

誘われるがまま、私はアリエルの隣に並んだ。

はっと気がつく。

この曲、秘密の洞窟で、アリエルが歌ってた曲だ。

目があったアリエルが、小さくうなずいたのに誘われて——私は思わず、歌いだしてしまった！

フランダーも客席からやってきて、くるくると踊りだす。

それにあわせるように、身体も勝手に動きだしちゃう。

踊って、歌って、奏でて。

気がついたら、曲が終わっていた。

私たちはお客さんみんなに、拍手で迎えられた。

息が切れて、すごく気持ちいい。

海の中じゃなかったら、きっとすっごく、汗をかいてたと思う。

そのとき客席で、ずおっとトリトン王が立ち上がった。

「そこの、カスタネットをたたいていた娘。名はなんと言う？」

ぎくっ。カスタネットの娘って、私のことじゃんっ！

王様が、私になんの用？

「あ、あ、あ、あかりですっ……！」

私はしどろもどろになりながら、なんとか答えた。

「そうか、あかりか……」

しん、と客席が静まり返る。

まさか、人間だってバレちゃった？　それとも、私の演奏がひどかったから、怒ってるのかな？

私はかたずをのんで、トリトン王の続きの言葉を待った。

トリトン王は私をじっと見つめて、両手を広げて言った。

「あかり！　すばらしい演奏だった！」

えっ？

今、なんて？　トリトン王、笑ってらっしゃる？

「歌いながら演奏をして、しかもダンスを踊る人魚なんて、今まで見たことがない。これまでで最高の演奏だったぞ」

えーっ、うそーっ！

あのトリトン王が笑みをたたえて、私のこと、ほめてくれるなんて！

セバスチャンとアリエル、それにフランダーが、いっせいに私のほうを向いて、にここと笑う。みんな、よかったねって、言ってくれてるみたい。

演奏会は、まだまだ続く。

客席にいたお魚さんたちも加わって、みんなで踊ったり歌ったり。

貝がらのカスタネットは、木のカスタネットより、少し高い音がする。海底では、すべての楽器が、地上とは少しだけ違う音を奏でる。それはつまり、アトランティカでだけ聞くことができる、特別な音楽ってこと！

「どうだい、あかり。海の底はサイコーの場所だろう？」

「うん！　アトランティカって最高だね、セバスチャン！」

いきおいに任せて、私はうなずいちゃった。

だって、こんなに楽しい演奏会、生まれてはじめてだもん！


「サンゴ礁のグラタンを二人前、お願いします」

「はーいっ、ただいま！」

「こっちにも、サンゴ礁のグラタン、お願い！」

「わかりましたー!!」

今日もカフェは、大はんじょう。スタッフ総出で、作って運んで……朝から、目が回るような忙しさだ。

お客様のお目当ては、この夏の新メニュー。

食べたお客さんが「おいしい！」って感想を広めてくれたみたいで、今日はほとんどのお客さんが、新メニューをオーダーしてくれている。

行列になっちゃうこともあって、てんてこまいだけど、お客さんが私のお料理を食べて笑顔になってくれると、疲れなんて吹きとんじゃうよね。

「あかりのカフェ、今日も大人気だね～」

通りかかったミッキーが、顔をのぞかせて、声をかけてくれた。

「この間悩んでた、夏のメニューは、思いついたの？」

「うん。これだよ！」

私は運んでいたお皿を、ミッキーに見せた。

「名づけて、サンゴ礁のグラタン！　グラタンなのに、さっぱりしてるんだよ」

「へえ、すごいね。どうやって作ったの？」

その質問、待ってました！

私は、えへんと胸を張った。

「あのね、濃厚なクリーミーマロンの実に、さっぱりしたマリンソルトの実をあわせることで、軽い味わいにしたの。飾りつけは、桃色サンゴだよ。海の中にいるみたいに、涼しげな気持ちになるでしょ？」

「すごいや、あかり！　すてきなメニューを思いついたんだね」

ミッキーにほめられて、胸の奥がふわっと温かくなった。

大好きな友達にほめてもらえるのって、すっごくうれしいなぁ。

海の底の生活こそ、最高なんだよ。

そう言ったセバスチャンの言葉を思い出す。

確かに海底も楽しいけど、でも、陸の上だって負けてない！

やっぱり私には、陸がいいか海がいいかなんて、選べないなぁ。

だってどっちにも、大事な友達がいるんだもん。

それってすっごく、ハッピーなことだよねっ！

③ アレンデールでオバケ退治！

波間でちゃぷちゃぷ浮き沈みを繰りかえす浮きを、私はぼーっとながめていた。

お魚さんに会いたくなって、魚釣りに来てみたんだけど……今日に限って、ちっとも釣られてくれない。

うーん、もうあきらめて帰ろうかなぁ。

すると、浮きが突然、ゆらゆら揺れだした。

ようやく、お魚さんが来てくれたみたい。

「えいっ！　……って、あれ？」

釣り糸を巻きとってみて、びっくり。ざぱっと海面から引きあがったのは、お魚さんじゃなくて……ニンジン！

どうしてニンジンが、海の中に？

うーん、実は新種のサンゴだったりするのかなあ。しげしげと眺めてみるけど、どこから見ても、ただのニンジンだ。

なぜ海で野菜が釣れたのかは謎だけど、まぁ海は広いし、たまにはそういうこともあるでしょう。うん。

一人で納得して、ニンジンをそっと海に返そうとしたら……。

「わあ、だめだめ～！　ちょっと待って～！」

遠くからひょこひょこと、不思議な生き物が走ってきた。白い身体に、木の枝の腕。頭の上には、小さな雪雲がふよふよと浮いて雪を降らせている。

よく見ると、身体が雪でできてるみたいだ。

……ってことは、まさか、雪だるま!?

ここ、ビーチなのに！

「それを捨てちゃだめだよ～！　ボクの大事な鼻なんだ」

雪だるまはぴょんと飛びあがって、私の手からニンジンを抜きとると、すぽっと自分の顔の真ん中にはめた。

「うん、これでよし。いい感じだね」

雪だるまは満足げにしているけど、ニンジンが深く刺さりすぎてて、鼻としてはちょっと不格好かも。

頭のうしろから飛びだしたニンジンのへたを、私はそ～っと押しもどした。ちんまり見えていただけだったニンジンの鼻の先っぽが、ずんっと手前に飛びだしてくる。

「わぁっ、ありがとう。なんかおかしいと思ったんだ。こっちのほうがやっぱりしっくりくるね。で、きみは誰？」

「あかり。ここ、マジックキャッスルに住んでるの。あなたは？」

「ボクはオラフだよ！　さあ、ぎゅっとして」

オラフが両腕をさっと広げるので、私は言われた通りぎゅーっと抱きしめた。オラフが溶けちゃわないように、そうっとね。

オラフは、鼻に刺さったニンジンを、得意げにぽんぽんたたいた。

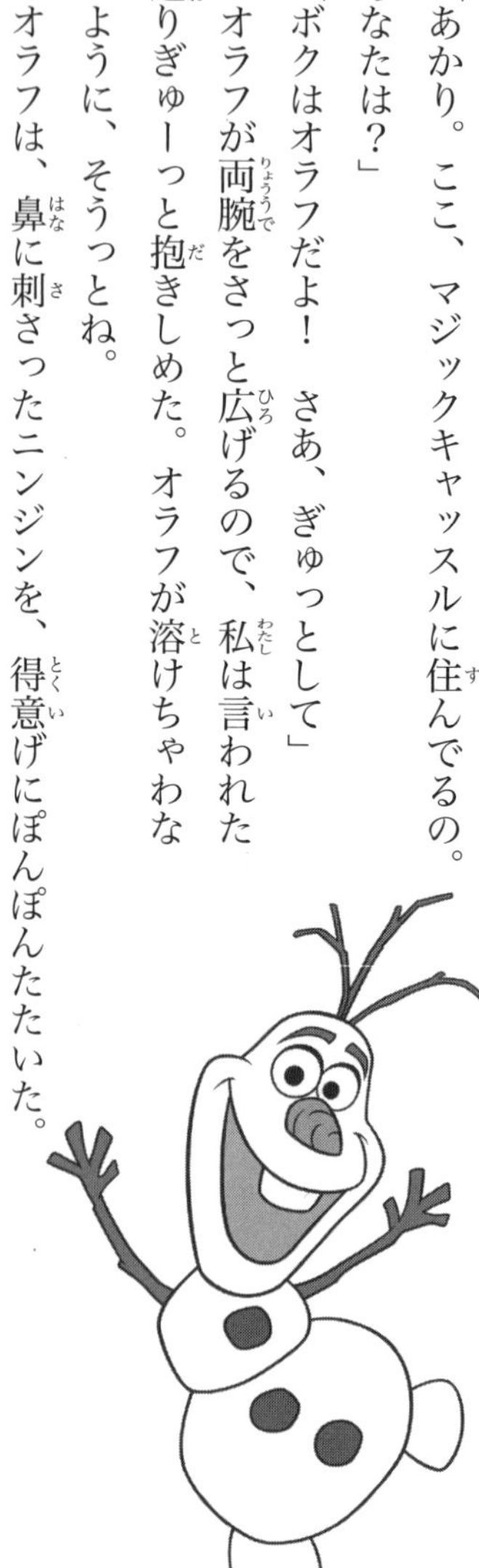

「いいでしょ〜、ボクの鼻！　ずっと探してたんだ。どこにあったの？」

「海の中よ。魚釣りしてたら、釣れたの」

「あぁ、そっか。思い出したよ。船の上から落としちゃったんだ。海の中をのぞいてたら、急にくしゃみが出てさ。ボクってね、くしゃみすると鼻がぬけちゃうの。これがなかなかこまったもんでさ、いつもどこかにやっちゃうんだよ……はくしゅっ！」

言いながら、オラフはさっそくくしゃみをした。

ニンジンの鼻が、すぽんと吹っ飛んだのを、私はぱしっと手でキャッチした。

「くしゃみするときは海のほうむいちゃだめだよ、オラフ。また海に落ちたら、大変」

「ありがとう、あかり。あかりはボクの鼻をつかまえるのが上手だね」

うーん、あんまりうれしくない。

「まあとにかくさ、ボク、この鼻のこと、気に入ってるんだよ。オレンジ色でキュートでしょ？　だから、あかりが見つけてくれて、本当によかった。あかりはボクの鼻の恩人だよ」

そう言うとオラフは、私の服のすそを、ちょんちょんと引っぱった。

「ねえ、きみのこと、アナとエルサにも紹介したいんだ。大切な、ボクの鼻の恩人だもん」

「アナとエルサって？」

「**アレンデール**に住んでるよ。ついてきて」

答えになってないけれど、オラフは一人でひょこひょこと歩きだしてしまった。言われた通りに着いていくと、オラフは桟橋をわたり、海岸に停泊していた船に乗りこんだ。

「ほら、あかりもおいでよ！」

うーん、勝手に乗っていいのかな？　背伸びして船の中をのぞきこんでいると、深緑色のコートを着こんだ乗組員のお兄さんが、声をかけてくれた。

「よっ！　雪の女王が治める国に行きたいのかい？」

雪の女王が治める国？

アレンデールのことかな？

こくんとうなずくと、

「そうか！　それじゃ、さっそく乗りこんでくれ！」

お兄さんは私を、船の中に通してくれた。

畳まれていた帆が張られ、船が出港する。海はおだやかで、澄んだ水が空の青を反射してきらきらとかがやいてる。

デッキに出て、オラフといっしょに、遠く続く大海原をながめた。

「海っていいよねえ。広くて青くて。ボク、海が大好きなんだ」

「私も、海が好きだよ」

海風が、そよそよと私の前髪をすくっていく。ふとふりむくと、マストの向こうに、どんどん小さくなっていくマジックキャッスルが見えた。

「ねえ、あかりはいつも、なにをやってるの？」

「うーんとね、いろいろやってるよ。カフェをやったり、冒険したり、オバケ退治をしたりとか」

「オバケ？　あかりはオバケが退治できるの？」

私はこくんとうなずいた。

「そうだよ。一応、ちょっとだけ魔法が使えるから」

「すごいねぇ～！」

オラフは感心したように言うと、両手を広げて、ぴょこんと飛びはねた。

「それじゃああかりは、毎日オバケ退治をしてるの？」

「毎日じゃないよ。ふだんは、ええと、お店……カフェをしているほうが多いの」

「カフェ？　それって、なに？　お店なの？」

「うん、私のお店。おいしいお料理を作って、お客様をおもてなしするんだよ」

「ココアはある？」

あるよ、と私がうなずくと、オラフがぱあっと顔をかがやかせた。

「ボク、ココアに、昔からずっと憧れてたんだ！　ココアは最高だって、みんな言うんだよ。ココアを飲んだら、心がほっこりして元気になれるんだって！　ボク、ココアって見たことがないんだ～。甘くてあったかくて、おいしいんでしょ？」

「うん、まあね……」

私はぎこちなく、うなずいた。

雪だるまのオラフがココアを飲んだら、溶けちゃうんじゃないかなぁ……。

しばらく進むと、行く手にマジックゲートが現れた。

船が通過する瞬間、あたりが真っ白い光に包まれる。

光が晴れると、海の色が少し変わっていた。

マジックキャッスルの海とは違う、落ちついた深い青色だ。

前方に、入り江に囲まれた国が見えてくる。きっとあれが、アレンデールだろう。大きなお城も見える。

船はするすると、海面を滑るように進んで、港に着いた。

「到着～！　ここがアレンデールだよ！」

「わあ、大きな街なんだね～……」

オラフについて船をおり、私はその活気に圧倒されてしまった。

船着き場にはたくさんの船が停まって、いろんな国の人があわただしく行きかっている。

交易がさかんらしく、船乗りさんが、船から大量の積み荷を降ろしていた。木箱を三つも抱えて、よたよたと歩いてる人もいる。

すごい、すごい、すごい！

私は広場の中央へと、かけだした。

夢中になっていたから、地面に積もった雪が凍っていることに気がつかなかった。それで、つるっと足をすべらせてしまって……。

あっと思ったときには、もう、身体が宙に浮いていた。

「わ……!?」

転んじゃう!

私はぎゅっと身をすくませた。そのとき……。

「あぶない!」

女の人の声がして、青い光がすごい勢いで飛んできた。そして……気がついたら、私は、氷でできた椅子に座っていた。

ええ? なにが起きたの?

足をすべらせて、すってーんと転んじゃうと思ったのに、どこからともなく氷の椅子が現れて、私を受け止めてくれた。

声がしたほうを見ると、水色のドレスを着たきれいな女の人が立っている。

「ええと……あなたが、助けてくれたの？」

私がたずねると、女の人はにっこりとほほえんで、うなずいた。

「広場を歩くときは、気をつけてね。慣れてないと、凍った道を歩くのはむずかしいわ」

「うん、ありがとう。でも……」

私は立ち上がりながら、背後の氷の椅子をちらりとふりかえった。

「この椅子、一体どこから出てきたの？」

「エルサが作ったんだよ！」

答えたのは、オラフだ。

オラフは両手を広げて、ぴょんと女の人に飛びついた。

「エルサ！　ただいま！」

「おかえりなさい、オラフ」

エルサにぎゅーっとされて、オラフは幸せそう。

「エルサ。この子は、あかり。ボクの友達だよ」

「はじめまして、あかりです」

私はぺこんと頭をさげる。

「はじめまして。私はエルサ。アレンデールの女王です」

ええっ、女王様!?

確かにエルサは、女王らしく気品があって優しげで、それにすごくしっかりしてそう。

色の薄い金髪と青い色の瞳が、どことなくはかなげで、でも凛としていてすごくきれいな人。

この人が、このアレンデールを治めてるんだ。

でも、この椅子を作ったたって、どういうこと……？

とまどっていると、

「エルサは、氷の魔法が使えるんだよ！」

と、オラフが得意げに言った。

「氷の魔法？　ど、どういうこと？」

私がたずねると、エルサがフフッと笑った。

「ほら、見てて」

エルサが手をくるりとまわすと、青白い光がきらきらと光った。その光は、またたきながら空中を舞い……そして、雪へと姿を変えた！

ひらひらと落ちてきた雪のひとひらを、手のひらで受け止める。肌の上にふわりと着地した雪は、いっしゅんだけひんやりと私の手を冷やして、すぐに溶けちゃった。

「わあ！　エルサの魔法って、すごいんだね～！」

私はオラフみたいに、ついぴょんと飛びはねちゃった。だって、雪を生み出せるなんて、すごすぎるでしょ！

　そのときだ。

「エルサ～！　大変よ～！」

　遠くから、大声でエルサを呼びながら、走ってくる人がいた。

「大変、大変、大変、大変、大変！　大変なの！　あのね、山に住んでる人から聞いたんだけど……」

「ちょっと落ちついて、アナ。お客様の前よ」

　エルサにたしなめられ、走ってきた女の人は、つんのめるように立ち止まった。

　ばつが悪そうに私のほうへ向き直って、

「ああ、ごめんなさい。ちょっと、あわてちゃって。あたしはアレンデールのアナよ。エルサの妹なの」

　エルサの妹ってことは、この人もプリンセスなんだ！

落ちついて見えるエルサと違って、アナはすごく活発な感じがする。

エメラルドグリーンの大きな瞳がくりっとしていて、すごくチャーミングだ。

見ているだけで、元気になれちゃいそう。

「あかりです。はじめまして」

自己紹介してから、私は改めて聞いた。

「あわててたみたいだけど、なにかあったの？」

「あぁ、そうだった！」

アナはせわしなく、今度はエルサのほうを向いて、

「大変なのよ！　ノースマウンテンに、ものすごく大きなスノーピクシーが出たの！　氷のお城のすぐ近くですって！」

アナの言葉を聞いて、エルサの顔がくもってしまった。

「それは困ったわね。マシュマロウのことも心配だわ」

「あの、スノーピクシーってなに？」

「ノースマウンテンに出没するオバケのことよ」

と、エルサがやさしく教えてくれた。

「大切な積み荷が盗まれたりして、困ってるの。やっかいなことに、私の魔法がきかないのよ」

「アレンデールのみんなも、山に住む人たちも、すっごく不安がってるの！　それでね、昨晩、氷のお城の近くにものすごく大きなオバケが現れたんですって。きっとオバケのボスね。パビーっていうトロールの話だと、このボスのオバケを倒せば、ほかのオバケたちもおとなしくなるらしいんだけど……」

「それなら、大丈夫だよ！」

と、明るく言ったのは、オラフだ。

「あかりはオバケ退治ができるんだ！」

「ええ？」

「本当？」

アナとエルサが同時に目を丸くして、私のほうを見る。

「どういうこと？　オバケを倒したことがあるの？」

アナにずいっと詰めよられ、私は遠慮がちに答えた。

「あ……ええと、実はね、私、ちょっとだけ魔法が使えるの。オバケを退治したこともあるよ」

「えっ、すごいじゃない！　それならもしかして、ノースマウンテンのオバケも退治できちゃう⁉」

「うん、できると思うよ」

「ワーオ！　あかりって最高ね！」

アナが手をぱちんと鳴らして、ぱあっと顔をほころばせた。

エルサは、なにか考えごとをしているような顔でしばらく黙っていたけど、やがて、私の手をとって言った。

「あかり。アレンデールの女王として、あなたにオバケ退治をお願いしてもいいかしら。今聞いた通り、私の国はいま、オバケにとても困らされているのよ。あなたがもしもオバケを倒せるのなら、私たちに力を貸してほしいの」

「もちろん！」

私は元気よく答えた。困っている人の役に立てるなら、できることはなんだってしたいもん。

「ありがとう、あかり。とても助かるわ」

そのとき、遠くから、大臣が走りよってきた。

書類の束を、たくさん抱えてる。

「エルサ女王！　探しましたよ。すぐにお城にもどってください。公務がたくさんたまってるんです」

「わかった、今行くわ。あかり、必要なものがあったらなんでも言ってね」

そう言い残すと、エルサは大臣にせかされながら、お城にもどっていった。

エルサ、すっごく忙しいみたい。

女王だもんね、仕方ないか。

かくしてオバケを退治すべく、私は、アレンデールの北にあるノースマウンテンへと向

かった。
「うう、寒いよ～！」
私は肩にはおったマントをかきあわせて、顔をうずめた。
雪こそふっていないけど、空気がめちゃめちゃ冷たい！
まるで凍ったみずうみの中にいるみたい。
私が今着ているのは、アレンデールの洋服だ。
ノースマウンテンは寒いからって、アナが貸してくれたもの。
赤紫色のマントに、植物を模した刺繍がたっぷり入った青紫色のスカート。
胸元にも、似たもようの刺繍がほどこされている。
すっごくかわいいし、あったかいんだけど……むきだしの顔はどうしても寒い！
「わわっ！」
ひときわ強い風が吹き、私はびゅんと大きく飛ばされてしまった。
マントが、パラシュートみたいにふくらんで風をつかまえたみたい。
マントって、あったかいしかわいいけど、風の日に着るのは向かないのかも。

そのときだ。

〝きひひひひっ！〟

「わっ！」

さっきまでなにもなかったところに、とつぜんオバケが現れた。灰色がかった青色の身体に、小さな丸い手足がついている。

大きな目と裂けた口は、アトランティカのオバケにちょっと似てるかも。

いつものように杖をかまえたけど……。

〝きひひひひっ！〟

「ええ、こっちからも!?」

なんと、別の場所にもう一匹現れた！

私は杖を手にしたまま、ちょっと考えた。

二匹もいっぺんに相手にするのは、大変だ。

ノースマウンテンにいるオバケのボスに会うまで、なるべく体力を温存しておきたい。

幸いにも、このオバケたちは、そんなに素早くないみたいだし……。

「逃げちゃおっ！」

私はオバケたちの間をぬけて、走って逃げてしまった。

余計な戦いは、避けたほうがいいもんねっ。


山の上のほうに行くにつれ、ただでさえ寒かった気温が、どんどん下がっていった。

斜面をすべりおりてくる風が、ビュンビュンとぶつかりあってる。

おまけに、降りだした雪がほっぺたに貼りついて、凍っちゃいそうなくらい寒い。

エルサが作ってくれた雪は、ふわふわして柔らかかったのに、山から吹きつけてくる雪は、まるでとがっているみたいに痛くて冷たい。雪にもいろいろあるんだなぁ。

寒さに耐えてのぼり続けると、やがて、吹雪の向こうに巨大な影が見えた。

氷のお城だ……！

「すご〜い……」

私はぽかんと口を開けたまま、かたまってしまった。

だって、すっごく、きれいだったから。

壁も屋根も、柱やテラスも、すべてが氷で造られている。

入り口からのびた階段も、おどろいたことに全部氷だ。吹きすさぶ風にもびくともせず、堂々とそびえている。

このお城の中には、マシュマロウっていう生き物が住んでいるらしい。

エルサやアナの話だと、雪でできた大きな身体をしているそうだ。でもオラフには似てないんだって。どんな姿なのか想像もつかない。

見た目は怖いけど本当はやさしいのよって、エルサが言ってたっけ。エルサやアナのお友達だもん、失礼のないようにしなきゃね。

と、入り口の扉がばたんと開いた。

中から出てきたのは、雪の塊で作られた大きな身体をした生き物。

確かに、オラフには似ていない……。

きっと彼が、マシュマロウだろう。

「こ、こんにちは〜……」

私はすくみあがりながら、なんとかあいさつした。

だって、見た目がコワイんだもん！

それに、すっごく、強そう……オバケより強いんじゃないの？

マシュマロウは私のほうをちらりと見ると、肩をちぢこめて、低い声でうめいた。

「グウ！　コワイ　コワイー！」

いま、コワイって言った？

きょとんとしている私をひとまたぎして、マシュマロウは、大股にどこかへ走り去ってしまった。

いったい、なにがコワイんだろう？

私は、氷の階段をのぼった。

つるつる滑って、今にも転んじゃいそうだから、慎重にね。

入り口から、中をのぞきこんで、ビックリ。

マシュマロウより、もっともっと大きなオバケが、お城の中にいる！

頭が今にも天井に触れそうなほど、ものすごく巨大。

目はほかのオバケと同じくがらんどうで、口が耳まで裂けている。頭からは、氷のつららが何本も生えていた。

きっとこれが、オバケのボスだ。マシュマロウは、このオバケを怖がって、逃げて行ったんだろう。

こんな大きなオバケと戦うなんて、ちょっと怖いけど……でも、大丈夫。私には、イエン・シッドさんから授かった杖があるもん。

「オバケー！　勝負よ！」

私は叫んで、オバケの前へと飛びだした。オバケがじろりと私のほうを見る。うぅ〜、大きい……。

〝きひひひっ！〟

笑い声が、お城の中に反響する。オバケは前かがみになって、氷のフロアをドコドコと手のひらでたたいた。すると、霜柱が、ものすごい勢いでこっちに伸びてきた。

ゴオォッ！

「ひゃあっ！」

はじきとばされて、私はしりもちをついてしまった。

そこへ今度は、氷の壁が突進してくる。

しゅぱーん！

「わわっ！」

体勢を立てなおすのが間にあわなかったから、床の上をごろんと転がってなんとか逃げた。足の先をかすめた氷の壁の表面からは、鋭いつららがたくさん生えている。

冷や汗がタラリとたれた。

こんなの、ちょっとでも当たったら、大けがしちゃうよ！

逃げてばっかりじゃだめだ。応戦しなきゃ。

私は杖をかまえて、ぶんと振った。

「えーい！」

でも……なにも出ない。

ええっ、どうして⁉

アトランティカで使ったときには、泡が飛びだして攻撃できたのに！

もしかして、この杖、海の中でしか使えない杖なの!?

もう一回振ってみるけど、結果は同じだった。なにも起きない。

「うそでしょ!?　なんで!?」

私は半泣きになって、杖をぶんぶん振った。

でも、何度やっても、結果は同じだ。

——相手のことをよく知らないまま戦うのは危険だよ、あかり。

セバスチャンの言葉が、頭をよぎる。途中のオバケに魔法が使えるか、ちゃんと確認すればよかった……。

そうこうしている間にも、またあの氷の壁が、こっちに向かってくる。

まずい、このままじゃやられちゃう。

〝きひひひひっ!〟

逃げようとした私の気配を察したのか、オバケが入り口の前に立ちはだかった。これじゃあ、外に出られない。

中に逃げるしかない!

私は、背後の階段をかけあがって、二階に向かった。

とっさのことだったけど、きっとこの判断は正しかったはずだ。

だって、オバケは大きいから、二階へ続く階段は通れないはずだもん。

一回落ちついて、作戦を考え直そう。

そう思って、ぺたんと床の上に腰を下ろしたんだけど……。

しゅぱーん！

「うそでしょー!?」

オバケが生み出すあの氷の壁が、階段をかけのぼって二階へと飛びこんできた。まるで私が見えてるみたいに、まっすぐに突進して

くる。

「わわっ！」

ゴォオ！

よけたところへ、今度は霜柱が伸びてきて、はじきとばされた。

どうやら、オバケは二階に上がってこられないけど、オバケがくりだす霜柱や氷の壁は、ここまで届くらしい。

上に逃げたのが、完全に仇になってしまった。

これじゃあ、袋のネズミも同然だ。

攻撃をよけるうちに、部屋の奥のバルコニーまで追いつめられた。いっそテラスから逃げようかと思ったけど、二階から飛びおりるなんて危険すぎる。

「どうしよう～……」

外からは、風がびゅんびゅん入ってくる。マントがバタバタはためくのを見て、ふと思った。

もしかして……風とマントを利用したら、飛んで逃げられるかも。

ずしんっ！　と、背後で大きな振動がした。

「な、なにっ？」

びっくりして振りむくと、すぐ目の前に、あのオバケが！

〝きひひひっ！〟

「きゃあああ!!」

私は悲鳴をあげて、飛びすさった。

うそでしょー!?

このオバケの大きさじゃあ、階段をのぼってこられないはずなのに！

そこまで考えて、はっと気づいた。山に出たオバケは、なにもないところから突然現れたり消えたりしてたっけ。きっとノースマウンテンのオバケは、瞬間移動ができるんだ。

右から氷の壁が、左から霜柱が、こっちに迫ってくる。真正面にはオバケがいて、逃げ道をふさいでる。

迷ってるひま、なし！

こうなったら、飛びおりるしかない！

私はマントをぬいで、吹きこんでくる風に向かって広げた。

風を受けてふくらんだマントの端を手に巻きつけて、しっかりと両手で握る。

さいわいなことに、雪が降っているおかげで、風の動きが目に見えた。ひときわ強い風がビュンと吹きこんできたのを合図に、床を蹴った。

「え～～～い!!」

風をいっぱいにつかまえたマントは、パラシュートのようにふくらんで、ふわりと浮きあがる。

やった、大成功！　と思った瞬間、最悪のタイミングで風がやんで……。

「きゃ～～!!」

ぽふっ。

覚悟した衝撃とは、違った。私が落ちたのは、積もりたての雪の上。あわてて起き上がるけど、やわらかい綿雪に足を取られて、また倒れこんでしまう。

見上げると、オバケがバルコニーの奥から、私のほうを見ていた。ぽかんと口を開けて、呆気にとられているみたい。

ふふ。まさか、マントをパラシュートにして逃げるなんて、思わなかったでしょ！（しっぱいしたけど……）

なんて、得意げにしてる場合じゃないか。早く逃げなきゃ！

私は一目散に、ノースマウンテンの斜面をかけおりた。

すごすごと、アレンデールへと逃げ帰ってきた私を、アナもオラフも、なぐさめてくれた。

「うまくいかないときもあるよね」

「あかりにケガがなくてよかったわ」

「今日アレンデールに来たばかりなのに、大変なことを頼んでしまって、ごめんなさい」

エルサには逆に謝られちゃって、本当に情けなかった。

役に立ちたかったのに、オバケを前にして、私、なんにもできなかった。

すっごく、悔しい！

このままじゃ、終われないよね！

レベルアップして、オバケに再挑戦しなきゃ。

それにしても、一体どうして、あのオバケには魔法が効かなかったんだろう？

イエン・シッドさんに、相談してみよう。

「船に乗るの？　ボクも行く～！」

私はオラフといっしょに、マジックキャッスルへ行く船に乗りこんだ。

船は再びマジックゲートを通過して、キャッスルフロントの桟橋へともどってきた。

「オラフは船で待っててくれる？　イエン・シッドさんのもとへは、私が一人で行くわ」

「わかった。ボクはここに座って、魚を見てるよ」

そう言うと、オラフは、桟橋に腰かけて海面をのぞきこんだ。

今日は天気がいいから、海の中を自由に動き回るお魚さんたちの影が、すごくよく見える。

「魚がすいすい動いてるのって、おもしろいよねえ～」

「私の釣りざおを貸してあげるよ」

私は、自分の釣りざおを差しだして言った。

「それを使えば、お魚さんに直接会えるよ」

「わあ、本当？　ありがとう、あかり！」

イエン・シッドさんの部屋の中は、星や三日月がぷかぷか浮いてて、全くもって不思議なふんいきだ。部屋の主は机に向かって、本を読んでいた。

「あかりか。どうした」

「あのね、イエン・シッドさん。魔法の杖が、使えなくなっちゃったみたいなの。アトランティカでは問題なく使えたのに、アレンデールに持っていったら魔法が出なくなっちゃって……」

私は、杖を見せた。

アトランティカに行く前に、もらったやつだ。

この杖、改めて見てみると、紫色の貝がらがついていて、いかにも〝アトランティカ専用です〃って感じかも……。

アレンデールで使えなかったのも、当然な気がしてきた。

偉大な魔法使いは、私と杖を見てしばらく黙っていたが、やがて、重々しく告げた。

「その杖は、アレンデールでは使えぬ」

「わーっ、やっぱり!?」

「その杖の名は、パールシェルステッキ。アトランティカのような海の中でしか効果を発揮せぬ杖だ」

「アレンデールで使える杖は、作れないの？」

ふむ、とうなずいて、イエン・シッドさんは本棚の前に立った。

一冊の本を抜きだして、ぱらぱらとめくる。

「アレンデールのオバケに必要なのは、スノウフレークステッキだな」

「それ、作れる？」

「作れる」

「作って！　お願い！」

「材料が足りぬ」

きっぱり言って、本のページを開いて見せた。そこには、黒い色をした、ふしぎな球体が描かれている。オニキスのような黒い色の球体で、内側には、真っ白な雪がとじこめられていた。

「雪玉バブルというアイテムだ。これがなければ、スノウフレークステッキは作れない」

「なるほどね。すぐ取ってくるよ！　それで、この雪玉バブルはどこにあるの？」

「わからぬ」

ずるっ。

私はその場にずっこけてしまった。

「わからぬって……その本に書いてないの!?」

「ない」

「そんなぁ……。あっ、イェン・シッドさん、水晶玉持ってるじゃんっ。それでぱぱっと調べられない？」

「むりだ。水晶玉は未来をも映すが、それは不完全で不確実なものなのだ。未来は自らの力で変えてゆくものだからな。そうそう便利なものではない」

ががーん、そうなんだ……。

雪玉バブル、か。一体どこを探せばいいんだろう。

この広い世界をやみくもにあてずっぽうで探すなんて……無理だよねえ。せめてなにか、ヒントがあればいいんだけど。

途方に暮れつつも、いったんオラフの様子を見に、船着き場へともどった。

オラフは、桟橋に腰かけて、釣りをしていた。海面に浮かんだ浮きが見え隠れしているのを、なにやらむずかしい顔でながめている。

「あっ、あかり、おかえり。ねえ、これ見てよ。浮きが見えたり隠れたりしてるんだ。変だよね」

「お魚さんが食いついたからだよ！　はやく釣りあげなきゃ、どこかへ行っちゃうよ！」

私はあわてて言って、オラフの手ごと釣りざおをつかんで引きあげた。

ばしゃーん！　と水しぶきをあげて飛びだしてきたのは、五十センチほどの大きさのお魚さんだ。

「わあ！　あかり、魚が釣れたよ！」

「プレゼントウオっていうお魚さんだよ。このあたりの海にたくさん住んでるの」

「すてきな名前だね」

そう言って、オラフはプレゼントウオの顔をのぞきこんだ。

「やあ、はじめまして。ボクはオラフだよ。プレゼントウオくん、ふふ、きみって、ぶあつい唇がすてきだね。それに目がとろんとしてる。もしかして眠たいんじゃない？」

プレゼントウオはちらりとオラフのほうを見て、けぷ、と口からなにかを吐きだした。

黒い色をした球体で、内側で白い雪がキラキラと冷たく光ってる。

「わあ、これ、くれるの？　すてきだね。雪玉みたいにかがやいてる」

私ははっとした。その球体、もしかしなくても、イェン・シッドさんの本にのっていた雪玉バブルだ！

だけど、オラフは気づいてないみたい。

「でもね、プレゼントなんてなくても、ボクはきみと会えただけですごくうれしいよ。だから、この球は海に返すね」

「あっ、オラフ、ストップ……っ」

あわてて止めたけど、遅かった。

オラフは、プレゼントウオが吐きだした雪玉バブルを、ぽちゃんと海の中に投げいれた。

雪玉バブルは一瞬、海面に浮いて、それからゆっくりと沈んでいく。

「わ～、だめ！」

ざっぶ～～～ん!!

私はためらうことなく、服のまま海の中へと飛びこんでいた。

私は大いそぎで雪玉バブルを抱え、イエン・シッドさんのもとへといそいだ。

「イエン・シッドさ～ん！　雪玉っバブルっ！　あったっ！」

「むっ、そうぞうしいぞ」

「これで、スノウフレークステッキが作れるよね!?」

「作れるが……そなた、なぜびしょぬれなのだ」

「私のことはいいから！　はやく、スノウフレークステッキを作って！」

イエン・シッドさんは、私がせわしなく差しだした雪玉バブルを受けとると、魔法をとなえて、スノウフレークステッキを作ってくれた。

雪の結晶を模したオーブがついた、とってもかわいい杖だ。

しかも、さりげなく私の服も魔法で乾かしてくれた。さすが偉大な魔法使い！

「ありがとう、イエン・シッドさん！　これがあれば、ノースマウンテンのオバケを退治できるんだよねっ？」

「あぁ。そなたの力があれば、そのはずだ」

無事にスノウフレークステッキを手に入れた私は、オラフとともに、再びアレンデールへと向かった。

マジックゲートを抜けると、大海原の向こうにアレンデールが見えてくる。入り江の向こう側にそびえる、雪をかぶった山は、ノースマウンテンだ。きっと今こうしている間にも、あの山ではボスオバケが、我がもの顔で氷のお城を占領しているにちがいない。

ぶるるっ。

急に寒気がして、私は手に持った杖をぎゅっと握りなおした。ボスオバケのことを考えたら、そわそわと緊張してきてしまった。……いやいや、これはきっと、武者震いってやつだっ！

「ねえ、オラフ！」

不安を追い払おうと、むりやりに明るい声を出す。

「あの氷のお城って、きれいだよねえ。でも、どうしてあんな山奥に建ってるんだろうね？」

「ああ、あのお城はねえ、エルサが作ったんだよ」

「えー！」

私は目を丸くした。

「そうなの!? あの大きなお城、ぜんぶエルサが作ったってこと!?」

「そうだよ。エルサの魔法ってすごいんだ」

ふあ～。

すごすぎて、ため息が出ちゃう。そんな強い力を持った女王に守ってもらえて、アレンデールの人たちは心強いだろうなぁ。

「でも、アレンデールにはお城があるのに、どうしてエルサはもうひとつお城を作った

の？」

「それはね……」

ふいに、オラフが声をひそめた。

なんだか、深刻そうな顔つきだ。

つられて私も真顔になって、ゴクリと生唾を飲みこんだ。

「……忘れちゃった」

がくっ。

「もー、オラフってば。すぐに忘れちゃうんだから」

「忘れないこともあるよ」

「たとえば？」

私が聞くと、オラフは、真上に浮かんだ雪雲に目をやった。

「この雪雲のこととか。この雲はね、ボクが溶けないようにって、エルサが魔法で作ってくれたんだ。すごくうれしかったから、忘れないよ。ボク、この雲を見るたびにエルサのことを思い出して、うれしい気持ちになるんだよね」

そう言ってオラフは、ウフフフフ～！　と笑った。

オラフが溶けないのは、いつも浮いてる雪雲のおかげだったんだ。

魔法で雪雲まで作れるなんて、エルサって本当にすごい。

それに、オラフのことを、大切に思ってるんだなぁ。

やがて、船がアレンデールの港に着く。

「よーし、今度こそ、オバケをやっつけちゃうんだから！　まずは、エルサのところに行って、帰ってきたことを伝えなきゃね」

「うん、そうだね。ボクはアナに、あかりがアレンデールにもどったことを知らせてくるよ！」

そう言うとオラフは、ひょこひょこと、お城とは反対の方向へと走って行ってしまった。


アレンデールのお城の中に入るのは、はじめてだ。

床に敷かれた赤いじゅうたんがふかふかで、入るなり緊張しちゃう。

エルサを探して歩きまわっていたら、お城の人が「エルサ女王様は執務室にいるよ」って教えてくれた。

執務室の扉は開いていて、机に向かって仕事をするエルサの姿が見えた。

真剣な顔で書類に読みいっていて、なんだか忙しそう。

入り口に立って、大きく開かれた扉をとんとんとノックする。

「こんにちは、エルサ」

エルサが顔を上げた。

「あかり！　アレンデールにもどったのね」

「うん。魔法の杖も、雪のオバケと戦えるものになったよ」

言いながら私は執務室の中に入った。後ろ手に扉を閉めると、

「あ、扉は開けっ放しにしておいてくれる？」

エルサに言われて、もう一度開けた。

「仕事中も扉を開けておくの？」

「ええ。もう二度と閉めないって、約束したから」

「ふーん？」

誰と約束したんだろう。大臣かな。女王の部屋にはきっといろんな人が出入りするだろうし、いつも開けておいたほうがみんな入りやすいもんね。

「エルサ。私、もう一度、オバケ退治に行ってくるよ」

私が言うと、エルサが心配そうな顔になった。

「魔法の杖が強くなったとはいえ……一人で行くのには反対よ。私は公務があって行けないけど、お城の勇敢な衛兵を連れて行ってちょうだいね」

「ううん、一人で行ったほうがいいと思う」

私は首をふった。

「オバケのボスは、すっごく強力な魔法を使うの。この間は運がよかっただけで、有効な魔法が使えないと本当にあぶないってわかったんだ。それに、衛兵さんには、アレンデールを守る大切なお仕事があるもの」

「でも……」

「オバケ退治は私の仕事だよ、エルサ。今度は絶対うまくやるから、まかせて！」

どん、と胸をたたく。

エルサはなおも心配そうだったが、「あかりがそう言うなら……」と、一人で行くことを許してくれた。かと思えば、

「あぁ、でも、やっぱり心配だわ」

眉をさげ、吹雪で荒れてしまった私のほっぺたを両手ではさむ。

もー、勇気がなえそうだよ〜。

「あたたかい服をあげるわ。それくらいの支援はさせてね」

うーん、確かに、また同じ服で行くのはやめたほうがよさそう。

マントが風でふくらんで、危ないもんね。

ま、前回はマントのおかげで逃げられたんだけど、もう絶対に逃げないし。

エルサに連れられて、お城のクローゼットルームにやってきた。

アレンデール風のあたたかそうな衣装が、ずらりと並んでいる。

「これがいいわね」

エルサが選んだのは、あたたかそうなワンピースと黒いタイトパンツだった。

ワンピースは濃い水色で、胸元にはアレンデール風の刺繍が縫いこまれている。タイトパンツと同じ色のブーツもある。

「ふっくらとあたたかい毛糸で織られているのよ」

それから、白い耳あても、出してきてくれた。

ふわふわのファーがついていて、すごくあったかい。

「ノースマウンテンはとっても寒いから、あたたかい格好にしなきゃね」

「ねえ、エルサ。聞きたいことがあるんだけど」

エルサは「なあに？」と首を傾げた。

「どうしてあんな山奥に、氷のお城を作ったの？」

エルサが、不意をつかれたように、意外そうな顔になった。それから、フフッと笑って、

「私ね、あのお城で、一人きりで暮らそうと思っていたの」

「えっ、一人で？」

思いもよらない答えに、私はビックリ。

「アレンデールにはたくさん仲間がいるのに、どうしてそう思ったの？」

「あのね、私はずっと、自分のことをひとりぼっちだと思って生きていたのよ」
「ええっ！」
信じられない。だって、アレンデールの人たちからあんなに慕われてて、アナともすっごく仲良しなのに……。
「本当よ。それにね、魔法の力をコントロールできない自分のことも嫌いだったし、魔法で誰かを傷つけるのも怖かったの。だから、氷のお城を築いて、そこで一人で暮らそうとしていたの。でもアナが迎えに来てくれて、絶体絶命のピンチのときも、身をていして助けてくれた」

エルサはそこで一度言葉を切って、おだやかな笑顔で、私の目をまっすぐに見た。

「一人じゃないってわかったから、自分のことも好きになれて、今みたいに魔法の力をコントロールできるようになれたのよ」

「そうだったんだ……」

「今、私ががんばれるのは、アナがいてくれるからなの」

その気持ち、わかる気がする。

私が、寒くてつらいノースマウンテンをもう一度目指すのは、困っている人の役に立ちたいから。それに、カフェをがんばるのも、マジックキャッスルのみんなの喜ぶ顔が見たいからだ。

誰かのためにがんばるのって、自分のためにがんばるより、ずっと力が出る。

喜ばせたい大切な人がいるって、すっごく幸せなことだよね。

「エルサ、私、オバケ退治がんばるね」

「ええ。あかりならできるって信じてるわ。でも、絶対に無茶も無理もしないって約束してね」

私はこくんとうなずいた。

「うん、約束する」

部屋を出ていくときに、開け放たれた扉が目に入り、ふと気づいた。

ドアを二度と閉めないってエルサが約束した相手は、きっとアナだ。


私は単身、再びノースマウンテンに向かった。この間来たときよりも、さらに風が強くて、ほとんど吹雪みたいになってる。

「うぅ〜、サムイよ〜っ」

寒さのせいか、お城までの道のりが、この間よりもずっと長く感じられる。ほっぺたに雪がびゅんびゅん吹きつけて、しびれるほど冷たい。

でも、氷のお城にいたるこの道は、アナがたった一人でエルサを迎えに行くために歩いた道だ。きっと、すごく寒かっただろう。

だけど、アナは、歩ききったんだ。エルサに会うために。

アナはいつでも一生懸命で、絶対にあきらめないんだなぁ。

そう思うと、ますます、私もがんばろうという気持ちになれた。心がまっすぐなアナに、憧れちゃうな。なんだか心がぽわっと温かくなる。

と、そのとき。突然、目の前にオバケが飛びだしてきた。

「わ、出たっ」

〝きひひひひっ！〟

オバケは笑い声をあげながら、すすすっと寄ってくる。

コイツ～、せっかくぽわっと温かい気持ちになってたのに、じゃましたな～！　でもでも、スノウフレークステッキをためすチャンス到来ってことね！

「えーい！」

杖をひとふりすると、巨大な雪の結晶が、ばしゅんと飛びだした。

見事、オバケに命中！

オバケは白い光を放ちながら、キラキラのスノーダストになって消えちゃった。

ふっふ〜ん、効果てきめん！

この杖ならきっと、オバケのボスを倒せるはず！

たくさん歩いて、ようやく見えてきた。

エルサが作った、氷のお城。あの中に、オバケがいる。

私は、スノウフレークステッキをぎゅっと握りしめた。

不安がないって言ったら、うそになる。

でも、きっと今度は大丈夫だ。自信を持とう。私を信じて、一人で来させてくれたエルサの気持ちに、応えたい。

ばん！　と、扉を開いて中に踏みこむ。

ホールの中央には、あのボスオバケの姿があった。

「今度は負けないんだからね！」

私は強気で、杖をかまえた。

〝きひひひひっ！〟

オバケは私の姿を見つけて、うれしそうに高笑い。

それから、この間みたいに、ドコドコと床をたたき始めた。霜柱がまっすぐに、こっちに向かって伸びてくる。

「えーいっ！」

杖の先から飛びだした雪の魔法は、霜柱を粉々にくだき、その勢いのままオバケに直撃した。オバケがビックリ仰天したかのように身をよじる。

うん、効いてるみたい。

「よーしっ、もう一回！」

えいっえいっと、二度、杖を振る。

魔法は地面すれすれを飛んで、オバケの足もとをすくった。

どしーん！

オバケがバランスを崩して、床にひっくり返る。

その衝撃で、お城全体が大きく揺れた。

身体を起こしたオバケが、再び床をたたく。それよりもはやく、私は杖を振った。魔法を正面から受けたオバケが、真後ろにふっとぶ。お城がさっきより大きく揺れた。氷の壁がきしんで、ぱきぱきと不安になる音をたてる。

わわっ、やばい。このまま戦い続けたら、お城が壊れちゃうかも……。

そうなったら、マシュマロウが住むお家がなくなっちゃう！

場所を変えなきゃ。そう判断した私はきびすを返し、お城の外へ出た。

階段をかけおりて、じゅうぶんに離れたところで、改めて向きなおる。

「ここまでおいで〜！」

し〜ん。

オバケは、城の中にとどまったまま、小さな入り口からこっちを見てる。

あれ？　出てこないのかな？　と思った瞬間、オバケの姿がふっと消えた。

そして……次の瞬間、まつげが触れそうなくらいすぐ目の前に、瞬間移動してきた！

「きゃああっ！」

びっくりして、飛びすさる。

近くで見ると、ますます顔が怖い〜！

なんて、自分でおびきよせておいて、驚いてる場合じゃないか。

近くに来てくれたのは、むしろ好都合だ。

「えーいっ！」

私はスノウフレークステッキを振った。この至近距離から、三連続で攻撃！

魔法を浴びたオバケの身体は、白い光に包まれた。そして……。

「グオ……グオォ〜！」

低いうなり声をあげ、特盛りのキラキラのスノーダストへと姿を変えて、オバケは消えちゃった！

私、勝ったんだ！

「やったぁ……！」

ほっとしたら気が抜けて、私はぺたんとその場にへたりこんでしまった。……つもりが、お尻をつけた場所には、なぜか地面がない。

「へ？」

オバケに夢中で気づかなかったけど、真後ろが崖になってたみたい。

知らずに腰を下ろしてしまった私は、崖の下へまっさかさま！

「きゃあああ!!」

でも……。

ぽすんっ！

ふわふわの雪がたくさん積もってる場所に落ちたから、全然痛くなかった。

「あぁ、びっくりしたぁ……」

立ち上がろうとしたけど、雪に足を取られてうまくいかない。どうやら、さらさらの雪が、深く積もっている場所に落ちちゃったみたい。

はいあがろうともがくけど、あとからあとから、雪が落ちてくる。

うぅ、一難去ってまた一難……早く出ないと、雪の中に埋もれちゃう。

そう思っても、動けば動くほど、底なし沼のように、下へ下へと沈んでいく。

次第に視界が雪で真っ白になって、手足の感覚もなくなっていって……まぶたが重くなって、みんなの顔が次々と現れては消えていく。

いけない……はやく脱出しなきゃ……。


「あっ、目が覚めたみたい！」

アナの声。はっと気がつくと、私はベッドの上だった。

ここは……お城の中みたい。

すぐそばには、アナとオラフの姿が。

「あかり、大丈夫？　どっか痛いところない？」

オラフが心配そうに、私の顔をのぞきこむ。

「大丈夫みたい。私、どうしたの？　たしか、崖から落ちて雪に埋もれちゃって……」

「マシュマロウが、あかりを見つけてくれたのよ」

「マシュマロウが？　私を？」

アナの話によると、私はどうやら、雪に埋もれて気を失ってしまったらしい。アナとオラフは、エルサから私が一人でノースマウンテンに向かったことを聞いてすぐに追いかけてくれたんだけど、山のふもとで吹雪にあって足止めされてたんだって。

そこへ、マシュマロウが、私を抱えてやってきたのだそうだ。

「オバケは？　オバケはどうなったの？」

「みんないなくなってたわ。あなたがボスのオバケを倒してくれたおかげよ。ほかのオバケたちも消えたみたいだってマシュマロウが言ってたわ」

「そっか。よかったぁ」

私はほっと胸をなでおろした。これで、山に住む人たちやマシュマロウが、安心して暮らせるようになるね。

アナが、私の両手をぎゅっとにぎった。

「あかり、本当にありがとう。これで、アレンデールの人たちも、山に住む人たちも、安心して暮らせるわ。山から氷を運んでくるのが仕事の誰かさんも、きっと大助かりよ」

「そんな……私は、なんとかしたいって夢中だったから……」

私は恥ずかしくなって下を向いた。

だって、本当に、なにも一人前にできてないもん。

魔法で倒せるって一人で飛びだして、気を失って、助けてもらっちゃった……。

「一人で大きなオバケに立ち向かうなんて、あかりは本当に勇気があるわ」

「アナほどじゃないよ。もっと強い吹雪の日に、たった一人でノースマウンテンに向かったんでしょ？」

「あら」

アナは、大きな瞳をぱちくりさせた。

「一人じゃなかったわよ。アレンデールを出たときは一人だったけど、途中で助けてくれる仲間に出会えたの。オラフとも、氷のお城にたどり着く途中で出会ったのよ。ボーッとしているけど頼りになるガイドも一緒にいたわ」

「頼りになるガイド？」

私は首をかしげたけど、アナははぐらかすように、ふふっと笑っただけだった。その笑顔は、なんだかすごく幸せそう。

アナが一人じゃなかったなら、よかった。

私は氷のお城まで一人で向かったけれど、やっぱりすごく心細かった。誰かといっしょのほうが、絶対に心強いもん。仲間って、本当に大切。

それから、アナがエルサを呼んで来てくれた。

「あかり、目がさめたのね。よかったわ」

あわただしく部屋に入ってきたエルサは、手に、王国の印がついた氷のペンを持ったままだ。仕事が忙しいのに、時間をさいて来てくれたみたい。

「あかり、あなたが山へ行ってくれて、本当に助かったわ。マシュマロウもきっと、喜んだでしょうね。私も近いうち、必ずマシュマロウに会いにいく時間を作るわ」

「うん、それがいいよ。マシュマロウ、きっと、すっごく喜ぶと思う」

エルサはベッド脇の椅子にすとんと腰をおろすと、ねぎらうように、私の髪をなでてくれた。

「あなたって、本当にふしぎね。あかりの魔法は、オバケをやっつけるだけじゃなくて、人を幸せにすることもできるのかしら」

そう言うと、エルサは私の顔をまじまじと見つめて、とろっと笑った。

「……違うわね。きっと魔法じゃなくて、その根っこにあるやさしい心が人を幸せにしてくれるのね。あなたの温かい気持ちに、感謝するわ。本当にありがとう」

もう、エルサって、ずるいな。

そんな風に言われたら、うれしくって、泣いちゃいそうだよ。

✦

それからしばらく私は、アレンデールのお城のなかでのんびり過ごすことになった。

ちょっとがんばりすぎて、疲れが出ちゃったみたい。

イエン・シッドさんやカフェの仲間には、お手紙で近況を伝えた。

カフェから届いたお返事には「ゆめいろカフェのことは私たちにまかせて！　のんびりステキなメニューを考えてね♪」という、たのもしい言葉があって、感動しちゃった。

一方、イエン・シッドさんからの便りには、星が一つだけ描かれていた。

よくわからないけど、きっとこれは Good Job!　という意味で、よくがんばったねってほめてくれてるんだろうなって、思うことにした。

アナもエルサも私にすごくよくしてくれて、ひまを見つけては温かい飲み物やお菓子を持って来たり、たいくつしないよう本を持って来たりしてくれる。

私はいつもカフェでみんなをおもてなししているけど、世話を焼かれるのには慣れてないから、ちょっとたじたじになっちゃった。それに、大人しくじっとしてるのって、たいくつなんだよね！

こっそり部屋を抜けだしてお城の中を探検していたら、すぐにアナに見つかっちゃった。

「あかり！　もうすっかり大丈夫なの？」

「うん！　はやく外に出たいよ。たいくつすぎて、壁の絵とおしゃべりしちゃいそう」

「あはは、その気持ちわかるわ」

そこへ、オラフがひょこひょこと歩いてやってきた。

エルサもいっしょだ。

「やあ、ここにいたんだね。アナ、あかり。ボクといっしょに来てくれる？」

「いいけど、どうかしたの？」

アナがエルサのほうを見ながらたずねる。

「さあ？　私にも、教えてくれないのよ」

エルサはそう言って、肩をすくめた。

オラフに連れられて広場にやってきた私たちを待っていたのは、三体の雪だるまだった。

「まあ。みんな……これって……？」

エルサが目を見張って、集まった子どもたちと雪だるまを、交互に見やる。

ティアラをつけて髪を三つあみにした雪だるまは、きっとエルサがモデルだろう。紫色のマントを羽織っているのはアナの雪だるま。

そして、真ん中に立つ、杖を持った雪だるまは……もしかして、私？

子どもたちが、口々に説明する。

「ボクたち、がんばって雪だるま作ったんだ！」

「いつも、国のみんなのことを考えてくれてる女王様と王女様。それから、みんなの力になって、困ったときに助けてくれるあかりに、感謝をこめて作ったの！」

胸の奥が、ホットはちみつティーを飲んだみたいに、じんわりと温かくなった。

この雪だるま、やっぱり私だったんだ……。

うれしいな。こんなに大きい雪だるま、きっと作るの大変だっただろうに。

「みんな、ありがとう！　とってもうれしいわ！」

アナが、こらえきれないというように、ぴょんぴょん飛びはねて叫んだ。

「うん。すっごくうれしいよ。ありがとう」

私も、心からお礼を言った。

エルサとアナと並んで、私の雪だるままで作ってくれるなんて……。

「アナとエルサと、あかりにそっくりでしょ」

オラフが誇らしげに胸を張る。

「みんなが作ってくれた雪だるまを見ていたら、あたしも作りたくなってきちゃった！」

アナがそう言って、エルサに近寄った。

「ねえ、エルサ、雪だるま作ろう！　みんなで、もっとたくさん！」

けれどエルサは、困ったように首をふった。

「残念だけどそれは無理よ、アナ。今日は、やらなければいけないことがたくさんあるの」

「うーん、そっか。忙しいよね……」

アナが残念そうに、肩を落とす。

そうしている間にも、エルサを探して、大臣がお城から出てくるのが見えた。

エルサは、今日もすっごく忙しいみたい。

仕方ないよね、女王様だもん。でも……。


マジックキャッスルにもどってきた私は、真っ先に、キャッスルタウンに向かった。

目指すは、どんぐりが飾られた、大きな木のような姿をした工房。

チップとデールの、ワークショップだ。

「こんにちは～」

ずっしりした扉を押して顔をのぞかせると、チップとデールが、いつものように歓迎してくれた。

「あかり、いらっしゃい！」

「ようこそ、僕たちのワークショップへ！」

黒い鼻をしているのがチップで、赤い鼻をしているのがデール。

二人とも、おそろいのオーバーオールにゴーグル、帽子をかぶってる。

「今日はどうしたの？」

「なにか、新しい家具の相談？」

「そうなの」

と、私はうなずいた。

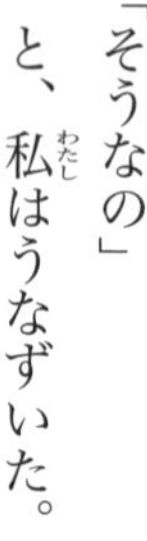

この工房では、チップとデールが、お部屋の内装や家具を作ってくれる。二人の腕は超一流で、これまでにもカフェに飾るインテリアをたくさん作ってもらったの。

そんな二人にしか頼めない大切なお願いごとのために、今日、私はこの工房へとんできたのだった。

「実はね……」

私のパーティーは、今日も大盛況だ。

「今日のインテリア、すっごくすてきね！」

「まるで氷の国にいるみたいにきれいだわ」

「氷がこんなに表情豊かできれいだなんて、知らなかったよ！」

お客さんが口々にほめてくれるのは、私のカフェの新しい内装。チップとデールに頼んで作ってもらった、アレンデールをイメージしたインテリアだ。

雪の結晶をモチーフにデザインした壁紙と床。テーブルと椅子は、まるで本物の氷でできているかのような魔法のクリスタル製。

部屋の中央には、氷のお城にあった噴水をモチーフにしたオブジェをかざったの。

からん、からん。

扉が開く音がする。入り口のほうをふりかえって、私はほほえんだ。

「アナ、オラフ。それにエルサも。いらっしゃい！」

「こんにちは、あかり。ご招待ありがとう」

エルサが、にっこりとほほえむ。

「すてきなパーティーを開いてくれて、うれしいわ！」

と、アナ。オラフは私の服装をひとめ見て、飛びはねた。

「わあ～！　今日のあかり、ボクそっくりだね！」

えへへ、と私ははにかんだ。

今日のこの日のために用意した私の衣装は、オラフそっくりな着ぐるみ風コーデ。

真っ白いフードに、ニンジンの鼻までつけた。

そう、今日のパーティーのテーマは、アレンデール！

公務に忙しいエルサにリラックスしてほしくて、それにアナとオラフにも楽しい時間を過ごしてほしくて、企画したんだ。

「わお！　サンドイッチがある！」

テーブルの上に並んだお料理を見たアナが、弾んだ声をあげた。

「サンドイッチはアナの大好物でしょ？」

「覚えててくれたのね！」

「もっちろん！」

と、私は胸を張った。

テーブルにならんだ料理の数々も、もちろんすべて、アレンデールにちなんでる。雪国ニンジンを使ったフローズンドリンクに、ロイヤルスタイルのトリュフチョコ。

北風コムギの実で作ったオープンサンドは、アレンデール王家の紋章がついたスティックで飾った。

それから、氷のお城を再現したアイスケーキ！

どの料理も大人気で、すぐなくなっちゃうから、補充にてんてこまい。

やっとひと息つける頃合いになってから、私はオラフを探した。

オラフは椅子に座って、トリュフチョコをころころ転がしてあそんでいた。

「やあ、あかり。いいね～、きみのお店！　最高のパーティーだよ！　ウフフフフフ～！」

オラフがころんと転がしたトリュフチョコをつまんで、口に入れる。

うん、我ながら超おいしいっ！

「ねえ、オラフ。オラフのために用意した、特別な飲み物があるんだけど」

「特別な飲み物？」

私は、キッチンにもどり、冷蔵庫の中にかくしておいたマグカップを出して、オラフに差しだした。

「ココアだよ！　オラフ、前に飲んでみたいって言ってたでしょ？」

もちろん、雪だるまのオラフが溶けないように、冷たいココアを使って作った。名付けて、オラフのおでむかえココア、アイスバージョン！

オラフは一瞬、目をぱちくりさせて……それから、ひしっと私に抱きついた。

「あかり、だいすき！　ありがとう！」

「えへへ、どういたしまして。私もオラフが大好きよ」

私は、よく冷えたマグカップを、オラフに手わたした。

「わあ、これがココアか。マシュマロが浮いてるね。白くてふわふわでかわいいなぁ。なんだかちょっとヘンな形をしてるね。でもそんなところも好きだよ」

「そのマシュマロは、オラフの形に作ったんだよ？」

私が言うと、オラフはきょとんとした顔になり、なにやら調べ物をするように、ココアに浮かんだマシュマロをじ――っとながめた。

「……本当だ！　これ、ボクだ！　すぐにわかんなかったよ。だって、自分で自分の顔は見られないじゃない？　ふふ、ボク、ココアに浮かんでる。こういうのもすてきだね」

オラフがちょこんと突っつくと、マシュマロのオラフはふよんとココアの上でゆれた。

オラフがもう一度突っつくと、また、ふよんとゆれる。

私たちは、顔を見あわせて笑った。

「ウフフフ〜！」

「えへへへ！」

マシュマロをオラフの形にするの、けっこう大変だった。

でも、この笑顔が見たくってがんばったんだ！

「うわあ、そのココア、すっごくかわいいわね！

「よかったわね、オラフ。かわいいココアを作ってもらえて」

アナとエルサもココアをほめてくれて、私は大とくいになっちゃった。

「そうだわ！　いいこと思いついちゃった。みんなでいっしょに踊ったら、絶対もっと楽しいわよね！」

アナはそう言うと、大きな声で、ゲストに呼びかけた。

「さぁ、みんな、踊りましょ！　ステージにあがるわよ！」

「わぁ、楽しそうだね。ウフフフ〜！」

真っ先にステージにあがったのは、オラフ。

エルサとアナも、手と手を取りあって、あとに続く。

「ほら、あかりもおいでよ！　早く早く！」

アナに手まねきされて、私もステージの上へとあがる。

音楽がはじまる。アナやエルサ、それにオラフといっしょに、視線を交わしたりハイタッチしたりしながら、ダンスを踊った。

大好きな友達とすごす時間って、本当にハッピー！

歌って、笑って、踊って、私たちのパーティーはずっとずっと遅くまで続いた。

――あかりさん！　起きて！

う～ん、私を呼ぶのは誰……？

――あかりさんってば！　起きてよ！

えぇ～、もうちょっとだけ寝かせてよ～。

――あっかりさ～ん！　おっきろ～!!

もう、分かったよぉ。もうちょっとだけ眠りたかったのに……って。

「わあ！」

あわてて飛びおきた私の目の前にいたのは……星だった。

ぴかぴかと黄色くかがやく、お星さまだ。

青い三角帽子をかぶってる。

「ハッハッハッ！　ようこそ、夢のような夜に！」

お星さまは、ふよふよと上下に揺れながら、陽気にさけんだ。

「……あなた、誰？」

「僕は夢の中で輝くエンターティナー、キラ星くん！」

うーん、説明になってない。

それにここ、どこだろう？

見渡す限り遠くまで、紫色の夜空が続いてる。まるで、宇宙にいるみたい。

もしかして、私、まだ寝てるのかな？

「さぁ、あかり、きらめく夢の時間の始まりだ。今からみんなに会いに行こう！」

「え？　会いにって……ひゃあああっ！」

突然、ふわりと身体が浮きあがった。

キラ星くんのあとをついて、夜空を滑るように進んでいく。

信じられない！

私、空を飛んでる！

キラ星くんが、高らかに宣言する。

「レディース・アンド・ジェントルメン！　ようこそ夢の時間へ！　……おっと失礼、今宵のお客様は一人だった。さぁ、あかり！　楽しむ準備はできたかい？　オ〜ケ〜！　とっておきの冒険の始まりだよ〜〜！」

「こ、これ、どういうこと〜!?」

どんどん先を行ってしまうキラ星くんのあとを、私はいそいで追いかけた。

空を飛ぶのなんてはじめてなのに、思った通りに飛べる。

まるで生まれたときから飛ぶ力を持っていたみたいに、キラ星くんを追って、夜空をすいすい泳いだ。本当に重さのない世界にいるみたいだ。

前方に、巨大な本が現れた。

本はイルミネーションで飾られて、あふれんばかりの光がきらきらとかがやいている。

そして、飛びだす絵本のように、本から大きな木が生えている。木の上には見覚えのある……。

「えっ！　プーさん!?」

プーさんだけじゃない。ピグレットやティガーもいる。一〇〇エーカーの森の仲間たちが、みんないる。

本から生えているのは、オウルの住む大木。そのまわりに、とろりとかがやくハチミツの大ツボや、ラビットの畑から頭を出したニンジンが、イルミネーションに彩られてまたたいていた。

私に気づいたみんなが、いっせいに手をふってくれた。

私も両手をぶんぶんふって返す。

プーさんの世界を通りすぎると、次に現れたのは、大きなサンゴ棚。イルミネーションに彩られた海草がエメラルドグリーンに輝き、クラゲがうすいピンク色に発光しながらふよふよと揺れている。

中央には大きな貝があって、その中には、まるで海の精のようにアリエルが座っていた。隣にはセバスチャンとフランダーもいる。

「お～い！　アリエル～！　セバスチャンとフランダーも～！」

声をかけると、みんなほほえんで、手をふってくれた。

それから、ラプンツェル。

塔のように高い木の下で、フリンと楽しそうに話してる。

あたりはランタンの明かりに囲まれて、幻想的なふんいきだ。

私に気づくと、くるくるまわって、ポーズを決めてくれた。

そして、氷のお城も！

紫色の宇宙に映える、水色と薄ピンクにかがやくお城のコントラストは、息をのむほど美しかった。

きらきらと瞬く白い光の粒が、雪みたいにお城のまわりを舞っているのも、すごくきれい。

お城の前に立っているのは、もちろんアナとエルサ、それにオラフだ。

「アナ～！　エルサ～！　オラフ～！」

私は夢中で手をふった。

アナとオラフはぴょんぴょん飛びはねながら、エルサも両手を広げて、見送ってくれた。

どきどきが止まらない！

次々と現れる美しい世界に、心を奪われっぱなしだ。

なにもかもが、きらめいてまぶしくて……まさに、夢と魔法の世界！

キラ星くんに導かれるまま、私は、最高の夜空の旅を続けた。

そして降り立ったのは、七色にスパークする大きな星の上。

「ハハッ、魔法のような時間だね！」

背後で、聞きなれた声がした。

ふりかえると、そこにいたのは……。

「ミッキー！　それにミニーも！」

二人とも、いつもとふんいきが違う。

着ている服のせいかな？

ミッキーは、真っ白なタキシードに、羽根飾りのついたくるくる帽子。

ミニーは、白とピンクのワンピースに、星飾りのついた三角帽子をかぶってる。なんだ

か二人ともパリッと格好よくて、ファンタスティックな装いだ。

「ここはどこ？　私、どうしてここにいるの？」

「ここに来られたのは、あかりのイマジネーションの力よ」

「いまじねーしょん？」

ミニーの言葉に、私は、きょとんと首を傾げた。

「イマジネーションは、夢を見たり、人を思いやったりする力の源だよ。夢を見ることができるなら、それをかなえることだってできるんだ！」

そう言うと、ミッキーは私の手を取って、力強く言った。

「あかりはすてきな夢を見る力が誰より強いんだよ。その力で、これからもマジックキャッスルを楽しんでね！」


はっと気がつくと、ベッドの上だった。

家の外から、私を呼ぶ声がする。

「おーい朝だよ！　ハハッ」

あわてて窓から外をのぞくと、ミッキーが立っていた。

「今日はなにしてあそぶ？　あそぶ前に皆で朝ごはんを食べようよ！」

「う、うん……すぐ支度するねっ」

ミッキーは、ひょうしぬけするほど、いつも通りだ。ステキなタキシードも着てないし、さっきの羽根飾りのついたくるくる帽子もかぶってない。いつもの赤パンツ姿だ。

さっきまで見ていたのは、やっぱり夢だったのかなぁ……。

ベッドから降りると、膝の上からすとんとなにかが床に落ちた。

かがんで拾ってみると、パズルのフレームのようだ。宝石をちりばめたみたいにキラキラしていて、すごくきれい。

まるで、さっきまで見ていた夢の世界を切りとったみたいな……。

はっと思いが巡ってきた。

このパズルを完成させたら、あの続きが見られるんだ！

だって、夢の中で、ミッキーが言ってた。夢を見たり、人を思いやったりする力――イマジネーションがあれば、またあの世界に行くことができるって！

「おーい！　あかり〜、はやくおいでよ！」

窓の外から、ミッキーが呼ぶ声がする。

「はーい！　いま行くから〜！」

私は元気よく返事をして、パズルフレームを、部屋のチェストの中へ大切にしまった。

キラ星くんに導かれて行った、あの夢と魔法の世界……夢だけど、夢じゃないんだ！

外では、ミッキーが待ってる。

今日は、なにを着ようかな。朝ごはんには、なにを食べよう。カフェにはなにを出そうかな？　誰に会えるかな？　どんなことが起こるかな？

想像しただけで、わくわくしちゃう。

だって、夢と魔法の国、マジックキャッスルには、楽しいことがいっぱいなんだもの！

角川つばさ文庫

うえくら えり／作
早稲田大学卒業。獅子座のAB型。主な作品として『アバローのプリンセス エレナ エレナとアバローの秘密』などがある。

ミナミ ナツキ／挿絵
東京都在住。イラストのほか、マンガも手掛ける。まるごとディズニー、キャラぱふぇにて4コママンガ「ディズニー マジックキャッスル ラブリーデイズ」連載中。

角川つばさ文庫　Cて12-1

ディズニー
マジックキャッスル
キラキラ・ハッピー・ライフ

作　**うえくら えり**
挿絵　**ミナミ ナツキ**

2017年10月15日　初版発行

発行者　塚田正晃
発行所　株式会社KADOKAWA
〒102-8177　東京都千代田区富士見 2-13-3
03-3238-1854(営業)
http://www.kadokawa.co.jp/
編　集　アスキー・メディアワークス
〒102-8584　東京都千代田区富士見 1-8-19
03-5216-8380(編集部)
印　刷　大日本印刷株式会社
製　本　大日本印刷株式会社
装　丁　ムシカゴグラフィクス

ISBN978-4-04-631732-2　C8297　N.D.C.933　207p　18cm

読者のみなさまからのお便りをお待ちしています。
いただいたお便りは、編集部から著者へおわたしいたします。

いしいみはる